더는 태울 수 없어서

'번아웃' 서른 살,
진짜 나를 되찾은
베를린 생활기

더는
태울 수
없어서

이재은 지음

to
Berlin

위즈덤하우스

어느 날 갑자기 베를린

서른 살이 되던 2019년, 문득 '앞으로의 삶은 좀 다르게 살고 싶다'라는 생각이 들었다. 나이를 먹을 만큼 먹었으니 무어라도 해야겠다는 다짐은 아니었다. 오히려 그 반대였다. 그동안 해오던 걸 이제는 좀 멈추고 싶었다. 즉 나는 서른 살이 된 기념으로 중요시하며 살아왔던 것들에서 벗어나길 바랐다. 일종의 '번아웃 증후군'이었다.

흔하디흔한 1990년생으로서 초중고 학창시절 내내 학원과 학교를 빙빙 맴돌았고, 대학생 때는 취직에 실패할까 노심초사하며 경력을 쌓았다. 취직한 뒤에도 기자가 되기 위해 주 6일 하루 열두 시간씩 뛰어다니는 6개월간의 수습기간을 버텨냈으며, 그 후에도 늘 쫓기는 기분을 느끼며 살아왔다.

기자로 일한 지난 몇 년간 많은 사람을 만나며 나도 모르는 사이 겉모습이나 성공 등 물질적 가치를 중시하게 된 데서 '자기혐오감'도 느꼈다. 어느 순간부터 나는 얼마 되지 않는 월급을 한두 푼 모아 명품가방을 샀다. 할부, 그것도 최소 6개월로만 가능한 일이었기에, 명품가방을 하나씩 더해갈수록 마음은 허해졌고 자꾸만 더 큰 걸 바라게 되었다.

휴식을 위해 연차를 사용하고 찾아간 이탈리아에서도 내내 명품가방을 메고, 하이힐을 신고 관광하는 나 자신을 보면서 '이제는 속세에 찌들어 편히 쉴 수도 없는 사람이 되었나' 하는 생각까지 들었다.

그래서 서른 살이 된 참에 '진짜 쉬어보자'라고 다짐했다. 겉모습을 치장하기보다는 다양한 생각을 하는 데 시간을 쓰고 싶었다. 일종의 '인생 리셋reset'이나 '인생 디톡스detox'처럼 말이다. 조금 민망하지만 다이어리를 펼치고 "나를 재충전하고 새롭게 태어나는 해로 만들자"라고 썼다.

생각은 좋았지만 뭘 어떻게 해야 할지 막막했다. 그러던 중 몇 가지 생각이 두서없이 떠올랐다. 처음 떠오른 건 '20대 초반의 나이에 엄청난 성공을 거둔 이효리'였다. 이효리는 어느 날 갑자기 상업광고 출연을 거부하고 훌쩍 제주도로 떠났다. 나는 이효리처럼 엄청난 성공을 거두지는 못했지만, 지쳐 있고 속세에서 벗어나고 싶은 마음은 같지 않을까 싶었다. '나도 제주도로 떠나야 하나?' 잠시 고민했다.

그러다 언젠가 읽은 김민 코리안챔버오케스트라 음악감독의 인터뷰가 떠올랐다. 그는 "독일에서는 음악을 잘하고 못하는 것이 중요하지 않다. 음악의 기본을 제대로 배우는 것이 중요하다. 기본만 익히면 누구나 음악을 배우고 음악가로서 삶을 즐겁게 살 수 있다"라고 했다. 누군가가 '가진 것'이나 '이룬 것'보다는, 그동안 '해온 것'을 중시한다는 대목이었다. 언제나 아등바등하고, 인정받지 못할까 불안해하며, 또 마치 누군가를 이기려는 듯 치열하게 살아왔던 내가 한 번쯤은 따르고 싶은 삶의 태도였다.

이런 생각을 하며 인생을 재정립할 지역으로 독일에서도 다양성을 가장 존중하는 도시인 베를린을 택했다. 그리고 베를린을 꾸준히 알아보았다. 일하다가 지칠 때면 베를린에서의 휴식을 상상했다. 알면 알수록 베를린은 매력적인 도시였다. 요즘 가장 '힙hip'하고 타인의 눈치를 보지 않으며, 예술적 감수성을 키울 수 있고 정장과는 거리가 먼, 평상복 일색인 도시라는 점 등이 눈에 띄었다.

베를린에서 나는 그간의 사고 틀에서 꽤 벗어나 새로운 생각을 하게 되었다. 베를린에서의 다양한 경험으로 좀더 열린 마음을 품는, 좀더 깊은 생각을 하는 사람이 되었다. 그런 와중에 내가 보고 느낀 걸 한국 사회와 비교하고 분석하기도 했다. 일종의 직업병이기도 하고, 애국심도 있지 않았을까. 내 생각의 일부를 여기 풀어놓는다. 많은 독자가 이 책에서, 또 베를린에서 새로운 삶을 경험해보기를 바란다.

2020년 4월

이재은

3 — 세계인의 마음을 쏙 빼앗은

4 — 오늘보다 내일이 더 나을

1 — 누구의 시선도 신경 쓰지 않고

하이힐 대신 운동화,
형식 대신 실용성

사람들의 패션에서 한 도시를 관통하는 생각이나 특성을 가늠해 볼 수 있다. 예컨대 이탈리아 피렌체 사람들은 왁스로 머리를 올리지 않은 남자가 없을 만큼 멋 부리는 데 열중한다. 일본 도쿄 사람들은 더운 여름에도 슬리퍼를 신은 채로는 번화가에 가지 않을 정도로 단정하고 그만큼 주변을 의식한다. 서울 사람들은 대다수가 멋쟁이지만 비슷비슷한 아이템 일색이다. 겉모습을 중시하고 남을 의식하는 동시에 다른 사람이 하는 것을 따라 해야 뒤처지지 않는다는 생각이 지배적이기 때문이다.

베를린 사람들은 조금 다르다. 개성을 중시하지만 타인의 패션에는 도통 관심이 없다. 시간과 장소, 상황에 알맞게 차려입어야 한다거나 도심을 돌아다닐 때 단정해야 한다는 생각도 약하다.

자연히 베를린에서는 하이힐을 신거나 명품가방을 멘 사람을 보기 어렵다. 베를린에서 하이힐이나 명품가방 등이 인기가 없는 건 유명한 사실인데, 베를린 사람들은 '실용성'을 중시하기 때문이다. 그들은 회사에 출근할 때도 일상복을 고수하고 에코백이나 백팩을 메기 때문에, 평일 베를린 도심에서도 정장이나 하이힐 차림의 사람은 발견하기 어렵다.

독일은 원래 실용성을 강조하는 국가지만, 베를린 사람들이 유별날 정도로 실용적인 걸 선호하는 데는 독일 내부에서도 해석이 분분하다. 적지 않은 이가 이를 '베를린장벽 붕괴'와 연관 짓는다. 베를린은 나치의 집권으로 동일성을 강제하던 사회와 장벽을 세울 정도로 극도의 긴장감이 감돌던 사회를 모두 거쳤다.

베를린 사람들은 장벽이 무너지고 냉전이 해체되자 앞선 사회 분위기에 반감을 크게 느꼈고, 동시에 강제된 규칙과 동일성의 해체, 긴장감의 해소 등에 대한 쾌감도 크게 느꼈다. 결국 베를린 사람들은 각각의 개성과 실제 상황에 도움이 되는 실용성을 특히 중시하게 되었다.

게다가 세계 각국의 이민자들이 베를린으로 몰려들었다. 베를린은 더욱더 젊고 다양성이 풍부한 도시로 탈바꿈했다. 형식이 정해진 도시가 아니라 형식이 파괴된, 실용적인 도시가 된 것이다. 패션도 이러한 맥락을 따른다. 형식을 따르기보다는 실용적인 일상복이 베를린 패션의 대세가 되었다.

1961년 8월 13일 동독은 서베를린을 완전히 고립
시키기 위해 장벽을 쌓기 시작했다. 장벽의 전체
길이는 156킬로미터에 달한다. 1989년 11월 9일
무너지며 독일 통일의 신호탄을 쏘았다.

누구를 위하여
크롭티셔츠를 입나

배꼽이 드러나는 크롭티셔츠를 좋아한다. 푹푹 찌는 여름에 입으면 시원하기도 하고, 아무 하의와도 어울리기 때문이다.

그런데 서울에서는 크롭티셔츠를 입기가 여간 힘든 게 아니다. 크롭티셔츠를 입고 나가면, 재미있는 구경거리라도 생긴 양 아저씨들을 중심으로 한 중장년층이 내 배를 '대놓고' 구경하기 때문이다. 슬프지만 젊은 세대들도 크게 다르지 않은데, 흘깃흘깃 쳐다보며 몸매를 '평가하는 듯한' 느낌을 적지 않게 받아 때로는 나도 모르게 어깨를 움츠려야 했다.

반면 같은 옷을 입더라도 베를린에서는 시선을 훨씬 덜 받았다. 배꼽이 아니라 가슴을 드러내는 옷도 시선을 받지 않으니 자유롭게 입을 수 있었다. 유독 베를린 사람들이 개성을 중시하기 때문일까. 그런데 홍콩인, 일본인 친구들에게 이 문제를 하소연했더니 그네들 나라에서도 마찬가지라고 하는 게 아닌가.

친구들과 한참을 이야기하며 나름의 가설을 도출했다. 우리는 '아시아적 가치인 유교문화 때문에 노출을 싫어한다'라거나 '아시아 특유의 높은 인구밀도 때문에 주변 사람을 쳐다보고 신경 쓰는 문화가 생겼다'라는 식으로 이해하고자 했다.

이유야 어찌 되었든 아시아인들이 주변 시선을 신경 쓰는 건 확실하다. 대표적 과시재인 명품의 판매량이 이를 증명한다. 시장조사 기업 유로모니터 인터내셔널에 따르면 명품시장의 규모는 2018년 기준 미국, 중국, 일본, 한국 순이다. '대표적 자본주의 국가' 미국에 이어 아시아 국가들이 연달아 상위권을 차지하고 있다. 이들 국가의 명품시장은 명품브랜드를 보유한 프랑스나 이탈리아에 비해서도 규모가 큰 셈이다.

아시아 국가들의 명품사랑은 익히 알려져 있다. 유로모니터 인터내셔널에서 명품부문 조사를 총괄하는 플러 로버츠Fflur Roberts는 "명품시장은 매출의 30퍼센트가 아시아에서 발생하고 있으며, 앞으로도 아시아를 중심으로 성장할 것"이라고 설명했다.

아시아인들은 왜 이렇게 명품에 집착할까. 우선 아시아인들은 공통적으로 주변 시선을 신경 쓰고 부를 뽐내려 한다. 경제가 고속으로 발전하는 과정을 거치며 특유의 세속적 특징들을 가지게 되었기 때문이다. 일종의 자본주의적 콤플렉스다.

한국을 비롯한 아시아 국가들의 경제는 매우 빠른 속도로 성장했다. 그 과정에서 갑자기 얻게 된 부富는 자연스러운 게 아니었다. 아시아인들은 주변 사람들에게 본인이 어느 정도의 경제력을 가졌는지 드러내며 과시하기 시작했다. 명품가방, 명품시계, 외제차 등을 자랑하는 게 좋은 방법이었다.

이러한 과시욕은 개인적 차원에서 그치지 않았다. 사회, 도시, 국가도 앞다퉈 부를 드러내고 싶어 했다. 이는 '마천루 콤플렉스'로 드러났다. 강준만 전북대학교 교수는 최근 전 세계적으로 지어진 초고층건물의 대부분이 아시아와 중동에 몰려 있는 이유를 마천루 콤플렉스로 분석했다. 해당 지역의 국가들은 급성장한 국력과 그동안 축적한 부를 과시하기 위해 '세계 최고 높이'에 집착한다. 반면 이미 세계 최강대국 자리에 오른 국가들은 더는 높은 건물을 짓지 않는다. 대신 디자인과 실용성에 무게를 둔다.

재미있는 사실은 베를린도 과거 마천루 콤플렉스를 겪었다는 점이다. 알렉산더광장Alexanderplatz에 있는 TV타워Fernsehturm는 일종의 과시욕 때문에 탄생했다. TV타워는 1965년부터 1969년까지 지은 높이 368미터의 송신탑으로 독일에서 가장 높은 구조물이다. 높은 건물이 많이 들어선 오늘날에도 베를린 전역에서 TV타워를 쉽게 볼 수 있다.

TV타워는 동독의 '부를 과시하고 싶은 콤플렉스' 때문에 탄생했다. 알렉산더광장은 동베를린의 상업 중심지였다. 당시 동독 정부는 동베를린에 이처럼 '우뚝 솟은' TV타워를 건설함으로써 사회주의 체제의 기술력과 발전상을 보여주고 싶어 했다.

굳이 왜 이런 건설이 필요했느냐면, 동베를린의 현실보다 서베를린의 그것이 더욱 나아 보였기 때문이다. 서베를린으로 탈출하려는 동베를린 사람들이 늘자, 1961년 동독 정부는 동베를린과 서베를린의 경계에 베를린장벽을 세웠다. 그런데도 서베를린으

마천루 콤플렉스의 흔적 ▌

알렉산더광장에 있는 TV타워다. 높이가 368미터에 달해 베를린 전역에서 볼 수 있다. 이렇게까지 높이 지은 이유는 동독의 경제적 콤플렉스 때문이 아니었을까.

로 가고 싶어 하는 이들이 줄지 않으니 TV타워 건설로 경제력을 만천하에 뽐내고자 했다. "과시욕은 결핍의 산물"이라는 말이 떠오르는 대목이다.

베를린에서라면
다 벗어도 좋아

내가 머물던 집 중 하나는 화장실에 창문이 있었다. 투명한 유리창이었는데, 불과 수십 미터 떨어진 반대편 집에서 들여다볼 수 있는 구조였다. 욕조에 커튼이 달려 있어 샤워할 동안에는 괜찮았지만, 욕조에서 나와 수건으로 몸을 훔칠 때는 완전히 무방비였다. 그럴 때면 '건너편에서 사진을 찍으면 어쩌지', '누가 몰래 지켜보고 있으면 어쩌지' 하는 걱정에 물기를 제대로 닦지도 못하고 후다닥 옷을 입느라 늘 반쯤은 젖은 채로 있었다.

이 집에는 독일인 대학생 세 명이 더 거주했는데, 누구도 이 유리창을 불편해하지 않았다. 내가 "화장실 유리창이 좀 불편하지 않니"라고 묻자 그들은 "딱히 문제라고 생각한 적 없어"라거나 "아무도 보지 않을 것이니 걱정 안 해도 돼"라고 답할 뿐이었다.

그러다 문득 '베를린에서는 어디서든 전라의 사람들을 쉽게 볼 수 있는데, 무얼 위해 귀찮게 남의 집 화장실을 들여다보겠나' 하는 생각이 들었다. 일부 변태성욕자는 차치하고 말이다.

정말이다. 베를린에서는 어렵지 않게 온몸에 실오라기 하나 걸치지 않은 사람들을 볼 수 있다. 햇볕 쨍쨍한 날 공원에서 옷을 벗고 일광욕을 즐기는 이들이나, 그 상태로 배드민턴이나 조깅 등 가벼운 운동을 즐기는 이들, 나체로 호수에 뛰어들거나 숲속에서 산책을 즐기는 이들 등을 곳곳에서 볼 수 있다.

옷을 벗고 있다고 뚫어지게 쳐다보는 이는 없다. 이러한 누드 문화가 베를린 전체에 뿌리 깊게 자리 잡았기 때문이다. 이는 동베를린에서 비롯된 건전한 문화 중 하나로 '프라이쾨르페르쿨투어Freikörperkultur, FKK'라고 부른다.

FKK는 히피정신에서 비롯한 것으로, 최근 전 세계에서 유행하고 있는 '노브라운동'으로 '젖꼭지에 자유를 허하라'는 뜻의 '프리 더 니플Free the Nipple'과 일맥상통한다. 즉 기존 권위나 체제의 모순, 몸을 지배하는 규율에서 해방되고자 하는 정신을 품었다. FKK에서 누드는 권위에서의 해방, 모든 것에서의 자유 등을 상징한다.

베를린 곳곳에서 이러한 정신을 느낄 수 있었다. 호수욕장 '슈트란트바트 반제Strandbad Wannsee'를 갔을 때도 그러했다. 이곳에는 FKK 전용구역이 있다. 슈프레강Spree 한가운데에 낡은 바지선을 개조해 만든 수영장 '바데시프Badeshiff'를 갔을 때도 깜짝 놀란 적이 있다. 이곳의 샤워시설은 "물에 들어가기 전 씻으세요"라는 안내문대로, 정말 그 용도로만 쓸 수 있도록 아주 간단하다. 도심 한

바다 같은 호수

슈트란트바트 반제는 1907년 반제호수에 개장한
호수욕장이다. 규모가 워낙 커서 1만 2,000명까지
수용할 수 있다. FKK 전용구역이 있다. 광역전철
에스반(S-bahn)의 니콜라스제역(Nikolassee)이나
베를린반제역(Berlin-Wannse)에서 가깝다.

▌스파와 FKK의 천국

바발리 스파는 2만 제곱미터 크기의 굉장히 고
급스러운 리조트형 스파다. 베를린중앙역(Berlin
Hauptbahnhof)에서 도보로 15분 정도 거리에 있
다. 오전 9시부터 밤 12시까지 운영한다.

복판에 있어 주변 빌딩에서 마음만 먹으면 샤워하는 모습을 볼 수 있으니 당연히 제대로 씻을 수 없다고 생각했다. 그런데 하루는 수영을 마친 한 아주머니가 수영복을 훌렁 벗은 채 온몸을 박박 씻는 것 아닌가. 사실 수영장 물이 더러울 테니 그렇게 하는 게 맞지만 많은 사람 앞에서 실오라기 하나 걸치지 않은 모습을 보이는 건 '진성 한국인'인 내게는 어려운 일이었다. 물론 아주머니를 쳐다보는 사람은 아무도 없었다. FKK 정신이 가득하니 말이다.

이 문화에 도무지 적응하지 못하고 버벅대던 중 내게도 FKK를 십분 체험할 기회가 생겼다. 베를린에 있는 '바발리 스파Vabali Spa'를 간 것이다. 이곳은 베를린에서 가장 고급스러운 스파로 뒤셀도르프, 함부르크 등에도 지점이 있는데, 무엇보다 혼탕으로 유명하다. 바발리 스파를 다녀온 뒤부터 나는 완전히 FKK 옹호자가 되었다.

바발리 스파를 좀더 소개해보자면, 2만 제곱미터가 넘는 큰 규모의 발리식 리조트형 스파로 세 시간 단위의 입장권을 구매해 수영장, 사우나, 온천, 마사지 등을 자유롭게 즐길 수 있다. 시간마다 예정된 프로그램에 참여해 핀란드식, 발리식 등의 다양한 사우나를 체험하고, 지루해질 때쯤 수영장에서 놀다가 파라솔 아래 누워 음식과 음료를 시켜 먹으면 천국이 따로 없다.

하지만 처음에는 발을 들이기가 쉽지 않았다. 바발리 스파는 FKK를 지향하는 곳으로 사우나와 수영장을 이용할 때 '텍스타일 프리Textile Free', 즉 온몸에 실오라기 하나 걸치지 않은 상태여야 하기 때문이다. 이는 사용자가 최고로 편안하게 쉴 수 있도록 만든 규칙이지만, 나는 적응하기가 쉽지 않았다. 휴대전화를 소지하거나 사진을 찍을 수 없도록 규제하는데도 불안하고 나체로 있다는 것 자체가 어색했다.

간단히 샤워하고 입장하니 오후 일곱 시 정각이었다. 막 증기사우나 프로그램이 시작되려 하기에 몸을 가린 수건을 던져버리고 사우나에 들어가 자리를 잡았다. 약 30명 정도 되는 사람이 계단식 사우나에 옹기종기 모여 앉았는데, 창문 밖에서 빛이 들어와 온몸이 훤히 보였다. 비슷한 또래의 사람도, 나이가 많은 사람도, 남자도, 여자도 있었다. 사람들의 벗은 몸을 이토록 적나라하게 본 게 처음이라 시선을 어디에 둘지 몰라 어색했다. 다른 이들도 내 몸을 볼 것이었다. 익숙지 않아 괜히 다리를 꼬고 가슴을 한껏 움츠린 채 불편한 자세를 유지했다.

그 와중에도 증기사우나 프로그램은 무척 좋았다. 녹차, 레몬그라스, 페퍼민트 등 다양한 차를 뜨거운 돌에 부어 그 증기로 사우나를 즐기는 방식이었다. 직원이 간단한 설명을 마치고 달아오른 돌에 차를 붓자 곧바로 증발하면서 그 향기가 온 사우나를 감쌌다. 곧 땀이 미친 듯이 났는데, 직원이 부채질하며 증기를 우리 쪽으로 계속해서 밀어줬다. 몸이 한껏 달아올랐다.

사우나가 끝나자 사람들이 밖으로 뛰쳐나갔다. 나도 좀더 있다가는 혼절할 것 같아 샤워실로 달려가 땀을 씻어냈는데, 이곳에서도 사람들의 몸을 적나라하게 봐야 했다. 도무지 익숙해지지 않았다. 역시 나와는 맞지 않나 싶었지만, 기왕 온 김에 노천탕도 경험해보기로 했다. 탁 트인 하늘 아래 얼굴에 스치는 바람을 느끼며 따뜻한 물에 몸을 담그니 천국에 온 듯했다. 하지만 여전히 몸의 긴장은 풀지 못한 상태였다. 사우나에서도, 노천탕에서도 나는 내내 눈을 감고 다른 사람 몸과 내 몸 보기를 거부했다.

그러다가 문득 눈을 뜨고 밑을 내려다봤다. 발가락이며 종아리, 허벅지, 가슴 등이 보였다. 그런데 이게 웬일인지 갑자기 '귀엽다'라는 생각이 들었다. 겹쳐진 뱃살도 나름대로 멋있었다. '나와 함께 살아가느라 힘들지' 하는 생각에 동지애도 느꼈다. 퇴근 후 스트레스를 야식을 먹으며 푸느라 찐 살이며, 바쁘게 뛰어다니다 넘어져서 난 다리의 상처가 그냥 다 '내 일부'로 귀엽게만 보였다.

처음으로 해본 생각이었다. 주변 여자들과 몸매를 비교하고, 왜 나는 그들만큼 마르지 않았는지, 왜 나는 게으른지 스스로를 저주하며 살았다. 어쩌면 다른 사람이 자기 몸에서 가장 자신 있어 과감히 드러낸 부위와 내 몸에서 숨기고 싶은 부위를 부질없이 비교하던 게 아닐까 하는 생각이 들었다. 하도 많은 사람의 몸을 봐서인지 사람 몸이 그냥 '몸'으로만 느껴졌다. 비교하고, 탓하고, 꾸미는 게 다 무슨 소용인가 싶었다. 우리는 모두 같은 사람인데 말이다.

일단 익숙해지고 나니 아무렇지 않았다. 몸을 성性적으로만 평가하며 보는 이들의 마음에 문제가 있는 것이지, 존재를 구성하는 요소 중 하나로 보는 내가 이상한 게 아니었다. 내 몸과 타인의 몸을 사회적 기준으로 평가하지 않으니 자유로웠다. 이처럼 누드가 '자기 몸 긍정주의body positivity'에 어떻게 도움을 주는지 깨닫고 난 다음부터 나는 FKK 옹호론자가 되었다.

내가 이렇게 감화한 데는 FKK에 대한 베를린 사람들의 자부심과 긍정적 태도가 한몫했다. 새로 온 이들에게 FKK 규칙을 엄격하게 알려주고, 본인들 스스로 타인의 몸을 호기심 어린 눈으로 쳐다보지 않는 태도 말이다.

그런데 안타깝게도 최근 유럽에서는 FKK가 퇴보하고 있다. 《이코노미스트》가 〈발가벗은 유럽이 옷을 입고 있다〉라는 기사에서 그 이유를 짚었는데, "지금의 유럽 청년들은 맨몸을 성적 대상으로 보는 것에 너무 익숙하다"는 것이었다. 인터넷과 무선통신이 발달하면서 청소년들이 자극적인 포르노그래피를 접하는 게 쉬워졌고, 그러다 보니 나체를 성적 대상으로 보는 데 익숙해져 FKK를 제대로 수용하기 어려워졌다는 것이다. 또 사회연결망서비스Social Network Service, SNS와 휴대전화 사용자가 늘면서 알몸을 몰래 촬영하고 유포할 위험이 커지고, 이슬람문화권 등 성에 보수적인 곳에서 온 이민자가 늘어난 것도 FKK가 퇴조하는 원인으로 분석했다.

독일 내부에서도 우려하는 목소리가 높아지고 있다. 그레고어 기쥐Gregor Gysi 좌파당Die Linke 대표는 "FKK가 위축되는 건 독일 사회가 보수적인 분위기로 돌아서고 있다는 것"이라고 했다.

신체를 성적으로, 또는 평가의 대상으로 바라보는 건 모두에게 고통을 주는 일이다. FKK가 사라지면 이제 우리는 어디에서 신체적 해방감을 느낄 수 있을까.

발칙한 원칙주의자들의
클럽

약 5년 전까지만 해도 서울 클럽을 즐겨 찾았다. 하지만 이제는 아니다. 반면 베를린 클럽은 좋아한다. 정말 춤추러 갈 수 있어서다. 서울에서 클럽을 가면 사람이 북적북적해 춤추기 여간 어려운 게 아니다. 반면 베를린 클럽은 아무리 줄을 서서 들어가더라도 춤출 공간이 널찍해 쾌적하다. 추측하건대 서울과 베를린의 인구밀도가 달라서 클럽에서의 인구밀도도 다른 것 같다. 어쨌든 베를린 클럽은 사람이 아무리 많아도 서울 클럽과는 차원이 다를 정도로 쾌적하다.

베를린 클럽이 좋은 또 한 가지 이유는 서울 클럽과 달리 입장료를 내기 때문이다. 베를린 클럽은 성별에 상관없이 모두 같은 금액의 입장료를 내야 한다. 손님을 유치하는 MD('Merchandiser'

의 약자로 남성과 여성을 연결해준다), 여성 무료입장, 테이블과 룸 대여 같은 제도도 없다. 서울 클럽들이 여성이나 MD의 지인(역시 여성인 경우가 많다)을 무료로 입장시킨다거나, 입장료를 내면 술 한 잔을 무료로 주는 것과 차이가 있다.

나는 왜 '무료'인 서울 클럽보다 '유료'인 베를린 클럽을 선호할까. 바로 그 차이가 클럽에서 여성이 소비되는 방식의 차이를 낳는 데 어느 정도 영향을 미쳤다고 보기 때문이다. 비단 입장료 때문만은 아니겠지만, 베를린 클럽에서는 한 명의 '인격체'로서 인정받아 '주체'적으로 즐길 수 있었다. 반면 서울 클럽은 여성이 인격체가 아닌 '사냥감'으로서 소비되는 일이 빈번하다.

2019년 6월 27일 강남에 있는 유명 클럽 옥타곤에서 벌어진 일은 이러한 현상을 여실히 보여주었다. 그날 옥타곤에서 20대 남성 세 명이 특수강간미수 혐의로 체포되었다. 룸에서 함께 있던 여성의 신체를 만지고 강제로 성관계를 맺으려 한 것이다. 경찰은 클럽 내 폐쇄회로TV를 분석해 피의자들을 특정하고 사건 당일 체포했다.

가해자들은 이용료가 비싼 룸에서 놀기 위해 여러 명이 돈을 모으는 이른바 '조각모임'에서 만났다고 알려졌다. 보통 테이블과 룸은 빌리기가 매우 비싸므로 고소득 전문직, 자영업자, 사업가가 주 고객이다. 하지만 여럿이 돈을 내면 각자가 부담해야 할 비용이 낮아지기에 조각모임을 하는 것이다. 강남에서 활동하는 한 MD는 "보드카와 샴페인 등이 깔린 테이블을 빌릴 경우 100만 원 정도 드는데, 일곱 명이 모이면 한 명당 13만 원꼴로 해결할 수 있다"라고 설명했다. 이 때문에 밤문화 관련 인터넷 커뮤니티는 '조각'이라는 이름의 게시판이 필수고, 카카오톡 등 채팅 애플리케이션에도 수백 명이 참여하는, 같은 주제의 채팅방을 어렵지 않게 찾아볼 수 있다.

이처럼 남성들이 수십만 원에서 수백만 원에 이르는 돈을 내고 좋은 테이블과 룸을 차지하는 이유는 '입뺀(외모 등을 따져 입장을 막는 일)'으로 한차례 걸러진, 외모가 반듯한 여성을 공급받기 위해서다. 돈을 많이 내고 좋은 자리를 차지할수록 MD들이 열과 성을 다해 여성을 물어 온다. 문제는 옥타곤의 사례처럼 조각모임을 찾는 이들이 대개 성관계 등의 목적을 품고 있다는 것이다. 한 MD는 조각모임을 공지하며 "갈수록 폼form이 올라오고 있습니다. 수량, 수질 걱정 안 하셔도 됩니다"라고 썼다. 여기에서 '수량'은 여성의 수, '폼'과 '수질'은 입뺀으로 걸러진 외모가 반듯한 여성을 가리킨다.

자연히 남성들은 (클럽에) 돈을 주고 만난 여성들을 인격체가 아닌 사냥감으로 본다. 또 여성들은 무료로 입장했으므로 돈을 낸 '진짜' 손님인 남성들이 클럽에서의 경험을 주도할 권리가 있다고 생각한다. 조각모임에 참여한 어느 남성이 인터넷 커뮤니티에 게시한 후기에도 이러한 시각이 반영되어 있다. 그는 "목요일에 술 두 병 깔린 테이블이 45만 원이었는데, 다섯 명이 조각모임을 해 9만 원씩 내고 다녀왔다"라면서 "MD가 알아서 여자를 계속 낚아 왔다"라고 썼다.

베를린과 서울의 클럽이 여성을 대하는 방식이 다르기에, 입장료뿐 아니라 구조에도 차이가 있다. 베를린 클럽에는 곳곳에 누구나 사용할 수 있는 테이블과 의자가 있다. 이곳에서 앉아 쉬기도 하고, 바에서 산 맥주를 마시며 옆 사람과 대화하기도 한다. 반면 서울 클럽에는 남성들이 값을 치른 테이블과 룸이 있다. 무료로 입장한 여성들은 MD들에게 '사냥'되거나 '간택'되어 테이블과 룸을 잡은 재력 있는 남성들에게 '바쳐진다.'

이택광 경희대학교 교수는 "1990년대 클럽은 자유주의 문화의 상징처럼 여겨져 나이트클럽과는 구분되었다. 하지만 한국 사회에서 여성이 소비되는 방식이 기성세대와 젊은 세대 간 크게 다르지 않고 접대문화도 그대로 이어졌다. 그러면서 클럽에도 룸과 테이블 등이 깔렸고 퇴폐문화가 생겨났다"라고 설명했다. 그는 "결국 여성에 대한 관점이 바뀌지 않으면 우리나라 클럽의 운영 방식은 근본적으로 바뀌기 힘들 것이다"라고 덧붙였다.

이처럼 서울 클럽은 여성을 소비하며 산업을 유지해왔기 때문에 그 문화가 굉장히 기형적이다. '버닝썬 사태'로 드러난, 성폭행과 불법촬영의 온상지라는 일면이 좋은 예다. 당시 무색무취의 신종 마약인 '감마히드록시부티르산', 일명 '물뽕' 따위를 여성에게 먹이고 강간하는 문화가 유행했다는 게 밝혀졌다.

서울 클럽의 기형적 문화는 베를린에서 '킷캣클럽KitKatKlub'을 다녀온 뒤 더욱 명확하게 인식되었다. 킷캣클럽은 '성에 긍정적인sex positive 클럽'을 표방한 곳으로 자유로운 성애활동을 장려한다. 게이 클럽으로 출발했기 때문에 성소수자가 환영받으며 때리거나 맞고 묶거나 묶이는 등의 성적 취향을 지닌 이들도 많이 찾는다.

성애활동과 FKK 장려라는 취지에 따라 이곳에 입장하기 위해서는 거의 아무것도 입고 있지 않아야 한다. 입장할 때 얼마나 벗었는지를 문지기bouncer들에게 보여줘야 한다. 문지기들은 손님의 차림이 FKK에 부합하는지, 성애활동을 잘 즐길 수 있는지 등을 검사한 뒤 들여보낸다. 휴대전화와 카메라는 소지품 보관실에 맡겨야 하는데, 이곳 직원은 아예 벗고 있다.

처음 이곳을 찾았을 때는 너무나 충격적이었다. 내 나름대로 옷을 벗는다고 벗고 갔는데도 '위'와 '아래'를 모두 노출한 직원이 "너무 많이 껴입어서 이대로는 못 들어간다"라며 "원피스를 벗고 브래지어와 팬티만 입고 입장하든가, 원피스는 입되 속옷을 모두 벗으라"고 요구했기 때문이다. 참고로 당시 내가 입고 있던 원피스는 손으로 쥐면 한 줌도 안 되는, 노출이 굉장히 심한 옷이었다.

직원의 지시대로 옷을 더 벗은 뒤 입장하니 나체의 향연이 펼쳐졌다. 다들 그 상태로 테크노음악에 맞춰 몸을 흔들고 있어 보지 않으래야 않을 수 없었다. FKK에 익숙해진 다음부터는 이처럼 공개적이고 직설적인 게 한국의 퇴폐적인 클럽문화보다 낫게 느껴졌다.

여느 FKK 공간들처럼 다들 노출하고 있기에 몸을 뚫어지게 쳐다보는 이들이 오히려 없었다. 뒤로 와서 은근히 허리에 손을 올리거나 몸을 감싸는 이들도 없었다. 대부분은 춤추느라 정신이 없었고, 만일 다가오더라도 정중하게 "키스해도 되냐", "같이 춤춰도 되냐"라고 꼭 물어보았다.

한국에서는 클럽에 온 여성들에게 "어차피 공짜로 남자 만나려고 오는 것 아니냐"라고 묻는 경우가 많다. 하지만 베를린에서는 여성들이 입장료를 내기 때문에, 그들의 춤추는 즐거움을 누구도 함부로 방해하지 않는다.

/ 킷캣클럽의 '순한 맛'을 원한다면 /

킷캣클럽의 테크노음악은 좋지만, 자유로운 성애활동이라는 콘셉트가 과하게 느껴지거나, FKK에 익숙지 않은 이들이라면 '트레조어^{Tresor}'를 추천한다. 이곳의 입장료는 10~12유로 정도로 밤에 찾아도 좋지만, 주말 아침에 찾으면 붐비지 않아 좋은 테크노음악에 맞춰 실컷 춤출 수 있다. 아침을 든든하게 먹은 뒤 트레조어를 찾아 춤추고 마시는 맥주 맛은 아무도 모를 것이다.

참고로 나는 베를린에서 단연 최고로 꼽히는, 프리드리히샤인^{Friedrichshain}의 '베르크하인^{Berghain}'도 가보았다. 이곳은 비단 베를린뿐 아니라 전 세계적으로 가장 유명한 클럽 중 하나인데, 별명이 '세계 테크노음악의 수도'다. 한국인 여성 디제이로 〈헤드라이너〉라는 디제잉 관련 프로그램에 심사위원으로 참여해 유명해진 페기 구$^{Peggy Gou}$도 이곳에서 디제잉을 해 화제가 되었다.

베르크하인의 유명세는 비단 음악 때문만은 아니다. 입장하기가 매우 까다로워 인터넷에는 '베르크하인 들어가는 비법'을 묻는 글이 수두룩하다. 《텔레그래프》도 〈베르크하인에 입성하는 법〉이라는 기사를 실은 바 있다. 입장을 결정하는 건 험상궂게 생긴 문지기 스벤 마르크바르트$^{Sven Marquardt}$의 판단에 달려 있기에 정확한 기준은 아무도 모르지만, 일반적으로 전해지는 방법은 이렇다. 옷은 무조건 검은색이다. 화려하게 꾸민 이들은 '초짜'로 여겨지니 차라리 운동복이 낫다. 마구 껴입는 것보다는 헐벗은 편이 유리하며, 가죽옷이 환영받는 듯하다.

게이클럽으로 시작한 탓에 성소수자와 남자가 입장하기 쉽고,

독일어에 능통할수록 유리하다. 줄을 서며 떠드는 이들은 초짜로 여겨져 입장을 거부당하기에 십상이다. 이 때문에 줄을 몇 시간씩 서면서도 조용히 한다. 관광객처럼 휴대전화로 사진을 찍는 것도 금물이다.

마르크바르트를 통과한 이들에게는 입장료 18유로를 받고 팔에 도장을 찍어준다. 이 도장을 보여주면 목요일 밤부터 월요일 아침까지 자유롭게 드나들 수 있다. 신나게 놀다가 나와서 밥을 먹거나 잔 다음 다시 들어가는 이들이 많다. 오래 줄 서기가 싫은 이들은 토요일이나 일요일 아침에 가는 것도 방법이다.

클러버clubber 사이에서는 베르크하인을 다녀온 적이 있는지가 중요한 문제다. 다녀왔다는 이들도 많고, 기다리기 싫어 시도조차 안 했다는 이들도 많으며, 입장을 거부당해 언제고 다시 가볼 생각이라는 이들도 많다.

줄 서기를 지독히 싫어하는 나도 베르크하인 입장을 시도해본 적이 있다. 딱히 계획했다기보다는 때마침 일요일 아침에 검은색 체크무늬 원피스를 입고 외출한 상태여서 한번 시도해봤다. 물론 결과는 보기 좋게 실패였지만 말이다.

일요일 아침 아홉 시 베를린동역Berlin Ostbahnhof에 내려 베르크하인으로 걸어가는데, 적지 않은 이가 '동행'하고 있었다. 모두 검은색 운동복, 검은색 반바지, 검은색 티셔츠 등 간단한 차림인 걸 보니 느낌이 좋지 않았다. 나처럼 '무늬'가 있는 원피스를 입은 이는 한 명도 없었다. 나도 검은색 계열의 단색 옷을 입었어야 했다. 옷 때문인지 아니면 다른 이유 때문인지는 모르겠지만, 문지기들은 입장하려는 나를 막아서고 안 된다는 표정을 지었다. 당황한 내가 "안 돼요?"라고 묻자 이들은 웃으며 "안 돼요"라고 답했다. 이후 난 베르크하인을 찾지 않았다. 내게는 킷캣클럽이 있었기 때문이다.

"천국이 없다고
상상해보세요"

즐겨 듣는 노래가 있다. 존 레넌John Lennon의 〈이매진Imagine〉이다. 그가 무신론자*인지, 단지 종교가 없을 뿐인지, 아니면 기독교인인지는 의견이 분분하지만, 어쨌든 이 노래는 무신론자들에게 명곡으로 꼽힌다. 종교의 해악을 꼬집고, 종교 없는 세상이 지금보다 좀 더 평화로울 것이라고 노래하기 때문이다.

Imagine there's no heaven. It's easy if you try.

No hell below us. Above us only sky.

Imagine all the people living for today.

Imagine there's no countries. It isn't hard to do.

Nothing to kill or die for. And no religion too.

Imagine all the people Living life in peace.

You may say I'm a dreamer. But I'm not the only one.

천국이 없다고 상상해보세요. 쉬운 일이지요.

우리 밑에 지옥이란 없고, 우리 위에는 단지 하늘뿐임을 상상해보세요.

상상해보세요. 오늘을 충실하게 살아가는 모든 사람을.

국가가 없다고 상상해보세요. 어려운 일도 아니죠.

죽이거나 목숨 바칠 것도 없고 종교도 없다고 상상해보세요.

상상해보세요. 평화롭게 살아가는 모든 사람을.

당신은 날 몽상가라 말할지도 몰라요. 하지만 나만 그런 건 아니랍니다.

내가 이 노래를 좋아하는 이유는 단순하다. 무신론자로서 가사에 공감하기 때문이다. 나는 단순히 종교가 없는 게 아니라 신이 없다고 '믿는다.' 나는 종교인들의 믿음만큼 내 믿음도 굳다고 주장하는데, 이를 단순히 무교로 생각하는 이들이 나를 전도하려 하면 매우 난감하다.

나는 그동안 무신론자들의 필독서이자 성경으로 꼽히는 책들을 여러 권 탐독해왔다. 리처드 도킨스Richard Dawkins의 《만들어진 신The God Delusion》, 버트런드 러셀Bertrand Russell의 《나는 왜 기독교인이 아닌가Why I am not a Christian》, 미셸 옹프레Michel Onfray의 《무신학의 탄생Traité d'Atheologie》, 크리스토퍼 히친스Christopher Hitchens의 《신은 위대하지 않다God is Not Great》 등이다. 이 책들의 원조로 꼽히는 《스피노자의 정신Traité des trois imposteurs》도 열심히 읽었다. 우리나라에는 《세 명의 사기꾼》이라는 제목으로 출간되었는데, 17세기 유럽에서 비밀출판물의 형태로 유통, 자유주의 사상가들을 열광시켰다. 저자는 아직도 베일에 싸여 있다.

《만들어진 신》은 이 중에서도 내가 가장 좋아하는 책이다. 기독교가 국교인 영국에서 나고 자란 생물학자 도킨스는 2006년 출간한 이 책에서 신이 존재하지 않음을 과학적으로 논증했다. 누군가가 내게 책을 추천해달라고 하면 "이성적 논증의 '끝판왕'을 보고 싶다면 《만들어진 신》을 읽어보라"고 말한다.

이 책들은 우리가 아무렇지 않게 받아들이는 종교적 가치를 한번쯤 '합리적 이성'을 발휘해 의심해보자고 주장한다. 신과 종교를 향한 우리의 믿음이 진실인지, 혹시 진실이라고 믿고 싶은 마음이 투영된 것은 아닌지 생각해보자는 것이다.

나는 종교를 없애야 한다고 생각하지는 않는다. 그저 세상에는 다양한 믿음이 있고, 따라서 모두 공존하기 위해서는 무신론자든 유신론자든 서로를 좀더 이해할 필요가 있다고 볼 뿐이다. 유신론자들이 믿는 종교의 교리상 쉽지 않은 일이지만 말이다.

아마 이러한 이야기가 익숙지 않거나 불편한 이들도 적지 않을 것이다. 한국은 종교에서 촉발된 전쟁을 겪지 않은, 종교적 포용성이 꽤 큰 나라라 오히려 관련 논의가 부족한 편이기 때문이다. 하지만 종교에서 비롯된 크고 작은 사회적 갈등을 겪어온 나라들은 다양한 논의를 해왔고, 무신론자의 존재에도 익숙하다.

독일도 종교에 기반한 차별의식 때문에 분열을 겪은 나라다. 나치는 게르만족의 인종적 우월주의를 내세워 유대인 수백만 명을 학살했는데, 그 기저에는 유대인이 예수를 죽인 민족이므로 학대받아 마땅하다는 '기독교적' 생각이 있었다. 이러한 경험 때문에 대부분의 독일인이 무신론을 포함한 종교의 자유를 최대한 보호해야 한다고 생각한다.

베를린에서 처음 친해진 친구 두 명도 무신론자였다. 그들은 스스럼없이 정체를 밝혔다. 역시 무신론자인 나는 한국에서 빈번하게 '괴짜' 취급을 당하거나, "그게 대체 뭐냐"라는 질문을 받아왔기에, 이렇게나 쉽게 무신론자들을 만났다는 사실에 적지 않게 놀랐다.

알아보니 이는 우연이 아니었다. 베를린은 '유럽 무신론자들의 수도'로 불릴 정도로 무신론자가 많다. 베를린 사람들의 약 60퍼센트가 무신론자다. 반면에 독일 전체를 보면 총인구의 3분의 2가 기독교인일 정도로 종교적 성향이 강하다. 그렇다면 독일의 수도 베를린은 어떻게 무신론자가 가득한 도시가 되었을까.

국가가 분단되었던 시절, 동독은 마르크스주의, 레닌주의 등에 따라 종교를 억압했다. 종교인들을 적극적으로 억압하지는 않았지만, 종교를 배척해야 할 대상으로 여겼다. 이 때문에 대부분의 동독과 동베를린 사람은 믿는 종교가 없었다. 이때의 영향으로 오늘날까지도 독일 동부의 많은 지역은 종교적 색채가 옅다. 통일 이후 서베를린도 동베를린의 영향으로 빠르게 세속화되었다. 이후 전 세계에서 다양한 종교를 믿는, 또는 아예 종교가 없는 사람들이 모여들면서 베를린은 종교적 색채가 옅은 도시로 자리매김했다.

베를린과 브레멘, 브란덴부르크 등 종교적 색채가 옅은 일부 주는 나머지 주에서 시행하는 종교교육도 하지 않는다. 2009년 앙겔라 메르켈Angela Merkel 총리가 베를린에 종교교육을 도입하는 안을 투표에 부쳤지만, 투표율이 30퍼센트에도 못 미치는 등 베를린 사람들은 시종일관 무관심을 내비쳤고, 결국 종교교육 도입은 불발되었다.

독일 전체를 보면 1,300년간 이어진 기독교 전통이 있고, 총인구의 3분의 2가 기독교인으로, '기독교가 국교 아니냐'라는 의문을 불러일으킨다. 사실 독일은 공식적으로 국교가 있지는 않지만, 그렇다고 프랑스처럼 완전히 정교가 분리된 나라는 아니다. 대표적 사례가 '종교교육'과 '종교세'다.

독일은 1763년 프로이센이 도입한 교육제도에 기반해 학생들을 가르치고 있다. 이에 따라 교육과정에는 일반 교과뿐 아니라 기술, 음악, 종교 등도 포함된다. 이 중 종교교육이 눈에 띄는데, 이러한 전통은 1949년 채택된 헌법 7조 3항에도 반영되어 있다. 이 조항에 따라 무종파 사립학교를 제외한 거의 모든 학교가 정규과목으로 종교를 채택하고 있다. 국가도 종교교육에 재정을 지원한다.

종교교육은 기본적으로 기독교 가치에 바탕을 두고 있다. 이는 전통적 기독교 윤리가 다양한 사회구성원을 포용하고, 사회에 필요한 민주주의 가치를 전한다고 믿기 때문이다. 더 나아가 종교가 없는 사람이나 무신론자 등을 이해하기 위한 교육도 제공한다. 또 무슬림의 수가 점점 늘자, 1990년대 말부터 몇몇 주는 종교교육에 이슬람교에 관한 내용을 포함했다.

독일은 종교세라는 세금도 걷고 있다. 독일 정부는 스스로 기독교인이라고 밝힌 사람들을 대상으로 소득세의 8~9퍼센트를 교회세로 징수해 교회에 준다. 유대교인들에게도 종교세를 부과한다. 최근에는 모스크에 재정을 지원할 목적으로 무슬림들에게

'모스크세'를 걷는 방안을 고려 중이다. 즉 독일은 정교분리라는 원칙을 엄격하게 지키는 국가가 아니다. 혹자는 독일을 '반半라이시테laïcité'국가라고 부르기도 한다.

/ 숨기거나 드러내거나 /

라이시테는 프랑스혁명의 유산이다. 프랑스와 독일은 정반대의 방식으로 종교의 자유를 보장한다. 프랑스는 '종교를 최대한 숨기는 방식'으로, 독일은 '종교를 최대한 드러내는 방식'으로 말이다. 프랑스는 자유, 평등, 박애 그리고 '톨레랑스tolérance'와 '사데펭ça dépend'의 나라다. 사데펭은 '때에 따라 다르다'라는 뜻으로 프랑스 특유의 포용력을 상징하는 말이다. 그런데 역설적이게도 프랑스는 히잡 착용 같은 특정 종교를 상징하는 행위를 공공장소에서 하지 못하도록 전 세계에서 가장 강력하게 규제한다. 이런 규제가 종교를 핍박하기보다는 종교의 자유를 구현한다고 믿기 때문이다.

프랑스는 2011년 4월 공공장소에서 니캅, 부르카 등 얼굴을 완전히 가리는 이슬람베일의 착용을 금지했다. 2015년에는 30여 개 지방자치단체가 공공질서 위협, 수상안전 등을 이유로 바닷가에서 부르키니의 착용을 금지했다. 부르키니는 무슬림들을 위한 수영복으로 전신을 가린다. 다만 이 조치는 2016년 8월 철회되는데, 행정소송의 최고법원인 국사원Conseil d'Etat이 개인의 자유권을 명백히 침해한다고 판단했기 때문이다.

이러한 규제는 프랑스인들이 핵심적 국가정체성으로 꼽는 라이시테 개념에 기반한다. 이 개념은 여러 프랑스적 함의가 담겨 있어 우리말로 옮기기가 꽤 까다롭다. 굳이 해석하자면 '세속성', 또는 '비종교성' 정도가 될 것이다.

라이시테는 1905년 제정된 '정교분리법'과 1937년 제정된 '학교에서 종교적 상징을 금지하는 법'에 근거하는데, 공공장소에서 종교를 드러내는 걸 엄격히 금지한다. 어떤 종교든 믿을 수 있는 자유를 허용하는 동시에 종교에서의 자유 또한 허용하는 것이다. 즉 종교가 세속의 삶에 영향을 미치지 않도록 하는 데 그 의의가 있다.

반면 독일은 주류집단의 문화와 비주류집단의 문화를 동등하게 존중해야 한다고 보며, 이런 맥락에서 자신의 종교를 드러내는 행위도 인정해야 한다고 본다. 예컨대 히잡 착용은 개인의 자유이며, 이러한 자유를 누리는 데 아무 문제 없는 사회가 되도록 국가가 책임져야 한다는 것이다.

독일은 기독교를 가톨릭과 개신교로 분리한 종교개혁을 일으킨 나라다. 자연히 독일은 유럽에서 선도적으로 종교의 자유를 보장하고자 했고, 이러한 태도는 오늘날까지 이어진다. 독일에는 다른 나라보다 무슬림이 많은데, 그들은 정치와 종교를 구별하지 않기에 세속화된 독일의 문화와 충돌할 수밖에 없다. 독일은 이를 모두 인정하려고 노력한다. 무슬림이 늘자 종교교육에 이슬람교 관련 내용을 넣어 교육하는 것도 이러한 맥락이다.

2000년대 초반까지는 독일도 열여섯 개 주 가운데 여덟 개 주가 '히잡법'을 만들어 공립학교의 교육공무원은 히잡을 착용하지 못하게 했다. 그동안 기독교 관련 상징물을 착용하는 데는 문제가 없었기에 논란이 커졌다. 주정부들은 "기독교는 하나의 종교가 아니라 독일의 전통이며 생활양식"이라고 선을 그었다.

하지만 무슬림이 점점 늘고, 이러한 태도가 이민자나 타 종교에 대한 적대감에서 비롯되었다는 반성에 힘입어 최근에는 '모든 종교적 상징물을 허용하자'라는 목소리가 커지고 있다. 2019년 5월 메르켈 총리가 반유대주의에 굴복하지 않겠다는 의미로 유대교 전통모자 키파Kippah를 쓰자고 한 것도 같은 맥락이다.

메르켈 총리의 대변인은 다수 독일인의 종교에 대한 태도를 잘 표현했다. 그는 기자회견에서 "이 나라 어디서든, 누구든 키파를 쓰고 자유롭게 돌아다닐 수 있도록 보장하는 것이 국가의 임무이고 우리는 이를 변함없이 지지한다"라고 밝혔다.

● **무신론자는 누구인가**

종교학자이자 이스라엘 하이파대학교 교수인 베냐민 베이트할라미|Benjamin Beit-Hallahmi에 따르면 무신론자는 보통 젊고, 남성이며, 종교가 있는 이들보다 교육수준과 소득수준이 더 높다. 동시에 더 자유롭지만, 더 불행하고, 사회에서 소외되는 경향이 있다.

문제는 다양성이야,
바보야

베를린에서 기차를 타고 30분 정도만 가면 포츠담Potsdam이다. 프리드리히대왕Friedrich II의 별궁 상수시궁전Schloss Sanssouci이 있고, 제2차 세계대전에서 독일의 항복 이후 포츠담회담이 열린 곳으로도 유명하다. 이 때문에 베를린을 찾는 이들에게 포츠담은 빼놓을 수 없는 방문지다.

그런데 막상 포츠담에 도착한 이들은 네덜란드풍 풍경에 놀라곤 한다. 포츠담에는 네덜란드에서 흔히 볼 수 있는 풍차가 곳곳에 있고, 네덜란드식으로 지어진 집들이 즐비한 네덜란드지구도 있다. 이게 어찌 된 일일까.

포츠담은 사료에 993년 처음 등장할 정도로 나름대로 역사가 긴 곳이지만, 인구가 적어 발전이 미미했다. 게다가 1618년부터

1648년까지 가톨릭과 개신교가 처절하게 싸운 30년전쟁으로 가뜩이나 없는 인구의 절반을 잃기도 했다.

암울한 역사를 바꾼 건 1685년 선제후選帝侯 프리드리히 빌헬름 1세Friedrich Wilhelm I가 내린 '포츠담칙령'이다. 종교의 자유를 보장한 이 칙령은 그해 프랑스가 1598년 선포한 비슷한 내용의 '낭트칙령Édit de Nantes'을 폐지한 것과 대비되어 크게 주목받는다.

포츠담칙령의 내용은 꽤 파격적이었다. 종교의 자유를 부여할 뿐 아니라 향후 10년간 면세특권을 보장해주었다. 이에 따라 프랑스와 네덜란드의 위그노Huguenot*들이 대거 포츠담으로 이주했다. 당시 유럽 전역에서 고향을 떠난 위그노 1만 6,000명 중 6,000명이 포츠담에 둥지를 틀었는데, 베를린과 교외지역 인구의 약 6분의 1에 해당하는 엄청난 수였다.

위그노들이 포츠담에 자리 잡자 러시아, 보헤미아, 폴란드, 잘츠부르크 출신의 이주민들도 모여들었고, 포츠담은 단번에 '이민자들의 도시'가 되었다. 그 결과 엄청난 역동성이 생겼다. 마치 현대의 많은 국가가 인구수 부족이나 출산율 저하, 고령화 등으로 생산가능인구가 부족할 경우 경제성장을 위해 이민자를 받아들일 때와 비슷한 효과를 본 것이다. 몰려든 이주민들은 30년전쟁으로 폐허가 된 포츠담의 경제를 빠르게 회복시켰다.

특히 위그노들은 대개 상공업에 종사하며 기술과 부를 갖춘 이들이라 포츠담에 큰 도움이 되었다. 실제로 많은 위그노가 염색이나 섬유 관련 분야의 전문가라는 데 힘입어 포츠담은 일약 섬유산업의 중심지로 발돋움했다. 반대로 이런 위그노들이 다수 빠져나간 프랑스는 경제에 큰 타격을 입었다.

포츠담의 네덜란드 풍경 ▌

네덜란드풍의 가옥들이 들어선 이곳은 포츠담의
네덜란드가(Niederlande Straße)다. 포츠담칙령이
보장한 종교의 자유를 누리기 위해 프랑스와 네덜
란드의 위그노들이 고향을 떠나 정착한 곳이다.

포츠담칙령의 사례는 다양성이 얼마나 중요한지, 다양성을 죽이고 획일성을 추구하는 사회가 어떻게 몰락하는지를 잘 보여준다. 비슷한 사례는 현대사에서도 다수 찾아볼 수 있다. 1776년 세워져 역사가 150년도 되지 않는 신생국가 미국이 20세기가 되면서 세계 최강대국으로 성장한 과정이 대표적이다.

20세기 들어 독일의 과학기술은 눈부시게 발전했다. 독일은 양자역학, 상대성이론 등의 산실로 응용과학 분야에서 세계 최고의 자리에 올랐다. 물론 이 기술력을 토대로 두 차례의 세계대전을 일으켰지만 말이다.

당시 많은 유대인이 독일의 과학기술 발전에 이바지했다. 하지만 나치가 이들을 탄압하면서 다수가 신생국가인 미국으로 떠났다. 대표적인 인물이 알베르트 아인슈타인Albert Einstein이다. 그는 유대인 아버지와 독일인 어머니 사이에서 태어났는데, 학창시절 내내 독일인들의 유대인혐오에 시달렸다.

1933년 마침 미국에 있던 아인슈타인은 히틀러가 수상이 되자 독일 시민권을 포기하고 미국으로 망명했다. 이후 1940년 미국 시민권을 취득하고, 프랭클린 루스벨트Franklin Roosevelt 대통령에게 핵무기 개발을 권고하는 〈아인슈타인-실라르드 편지〉를 썼다.

이처럼 다양성을 말살하는 데 앞장선 당시 독일은 결과적으로 잠재력을 잃고 말았다. 반대로 이민자들이 새운 신생국가로서 다양성을 추구한 미국은 초강대국으로 성장하는 힘을 얻었다.

2018년 유시민 작가가 시사교양 프로그램 〈알아두면 쓸데없는 신비한 잡학사전〉에서 비슷한 이야기를 했다. '포용성'이 지역발전에 얼마나 중요한지에 대해서였다. 그는 "어떤 지역의 번창 또는 몰락에 영향을 미치는 주된 요소'를 연구해 도시들의 순위를 나열해보니, 그 순서가 도시별 성소수자의 거주율을 나타내는 게이지수와 일치했다'라며 그 이유를 '3T이론'이라는 가설로 분석했다.

즉 "도시가 발전하려면 기술^{technology}수준(1T)이 높아야 하는데, 그러려면 재능^{talent} 있는 사람(2T)들이 많이 모여야 한다. 그런 사람들이 많이 모이는 건 톨레랑스, 즉 포용성(3T) 때문이다. 게이지수가 포용성의 지표가 되는 건, 소수집단 중에서도 가장 차별받는 성소수자들이 별문제 없이 살 수 있다는 걸 의미하기 때문이다. 그런 곳이라면 모든 유형, 모든 종류의 괴짜들도 살아갈 수 있다."

김영하 작가는 샌프란시스코의 사례를 들었다. 미국의 5대 밀집지역인 샌프란시스코는 성소수자들의 도시임과 동시에 실리콘밸리로 상징되는 첨단기술의 도시다. 포용력이 도시의 발전에 어떻게 이바지하는지를 잘 보여주는 사례인 것이다.

과거의 포츠담이 그랬듯 오늘날의 베를린은 다양성을 바탕으로 발전하고 있다. 370만 명이 거주하는 베를린에는 25만 명의 성소수자가 있다. 베를린은 도시를 홍보하는 팸플릿에서 "헌법과 일반평등대우법^{Allgemeine Gleichbehandlungsgesetz}에 따라 성정체성이 다른 시민들을 위해 노력하고 있다"라고 설명할 정도로 성소수자들에게 우호적이다. 대표적인 성소수자축제인 '크리스토퍼 스트리트데이^{Christopher Street Day}'가 열려 매년 100만 명이 모이기도 한다. 이 축제 일주일 전에는 '레스비슈-슈불레스 슈타트페스트^{Lesbisch-Schwules Stadtfest}'도 열린다. 직역하면 '레즈비언-게이 도시축제'다. 심지어

▌전 세계인의 축제

1996년부터 매년 5~6월에 크로이츠베르크
(Kreuzberg)와 노이쾰른(Neukölln) 근처에서 열리
는 '다문화축제(Karneval der Kulturen)'의 모습이다.
30만 명 이상이 찾는다. 세계 각국의 사람들이 전
통의상을 입고 행진하며 춤춘다. 평화와 관용, 다
문화를 상징하는 베를린의 대표적인 축제다.

2001년부터 13년간 베를린 시장을 지낸 클라우스 보베라이트^{Klaus} ^{Wowereit}도 동성애자다.

유시민 작가의 설명대로 가장 차별받는 소수집단인 성소수자들이 박해받지 않으니 기타 다양한 소수집단이 모두 베를린에 모여든다. 가난한 예술가, 괴짜 과학자, 특이한 스타트업 창업자, 다양한 인종의 이민자 등 말이다. 3T이론이 정말 맞는 것인지 베를린의 경제성장도 괄목할 만하다. 2007년부터 2016년까지 베를린의 경제성장률은 평균 3.4퍼센트였다. 같은 기간 독일 전체의 경제성장률은 2.6퍼센트에 그쳤다.

• 미운 오리 새끼 위그노

프랑스 남부에는 가톨릭에 저항하며 개신교를 믿는 위그노들이 모여 살았는데, 이들이 상공업에 종사하며 점점 세력을 키워나가자 두 세력 간에 싸움이 벌어졌다. 바로 1562년부터 1598년까지 계속된 위그노전쟁이다.

특히 1572년 8월부터 10월까지 수만 명의 위그노가 학살당한 '성바돌로매축일의 학살' 등 살육이 이어졌다. 36년간 계속되며 끝이 보이지 않는 듯했던 이 '종교내전'은 위그노들의 지도자 격으로 1589년 즉위한 앙리 4세^{Henri IV de France}가 가톨릭으로 개종하고 낭트칙령을 선포하며 종결되었다.

물론 이것으로 가톨릭과 개신교가 완벽하게 동등해진 건 아니었다. 여전히 가톨릭은 주류종교였고, 지배자들의 정치적 계산에 따라 위그노는 안전했다가 위기에 처했다가를 반복했다. 실제로 1685년 가톨릭은 루이 14세^{Louis XIV}를 압박, '퐁텐블로칙령^{Édit de Fontainebleau}'을 내리게 했다. 개신교를 전면적으로 금지하는 이 칙령으로 개신교의 교회는 파괴되고 목사는 추방당했다. 이 과정에서 20만 명에 달하는 위그노가 인접국으로 피신했다. 상공업에 종사하며 기술과 부를 갖춘 위그노들이 빠져나가면서 프랑스 경제는 큰 타격을 입는다.

어리다고
놀리지 말아요

얼마 전 중학교 교사로 일하는 친구를 만났다. 친구는 선도부에 있다며 아침 일찍 출근해야 하는 고충을 토로했다. 그러다가 용모와 복장 규제에 관한 이야기가 나왔다. 친구는 "요즘에는 거의 규제하지 않아"라면서 "부모님들이 '필요 없지 않냐'라고 되묻고, 자연히 계도도 안 되어서 그냥 포기한 상태야"라고 설명했다.

내가 "우리 때는 소위 '논다'는 아이들만 그랬는데, 이제는 다 그러냐"라고 묻자 친구는 "시대가 바뀌어서 머리나 치마 길이는 별문제가 아니게 된 거지. 나도 규제 필요성에 공감을 못 하니 아이들이 (왜 규제하냐며) 따지고 들면 대답을 못 해"라고 답했다.

사실 정말 그렇다. 나는 학생 때부터 용모와 복장이 학생의 본분과 대체 어떠한 관련이 있는지 이해하기 힘들었다. 몇몇 보수

정치인이나 학부모단체는 학생이 외모를 가꾸는 데 집착하면 공부를 덜 하게 될 것이라고 주장하지만, 근거는 없다. 나아가 근본적으로 그들은 모두 '학생'이 아닌데, 이래라저래라 간섭할 권리가 있는지도 궁금하다.

이건 마치 자궁이 없는 남성이 여성에게 임신은 이렇고, 출산은 어떻고 설명하는 꼴과 같다. 또 아이를 낳은 사람이 아이를 낳지 않은 사람에게 "아이가 있어야 진짜 인생의 행복을 느낄 수 있다"라고 설명하는 꼴이기도 하다. 아이를 낳은 사람은 아이를 낳지 않은 사람의 행복을 느껴본 적 없으니 말이다.

개인적으로는 그러한 규제가 오히려 학업에 악영향을 미쳤다. 중학생 때 두발규제 때문에 귀밑으로 6센티미터 정도까지만 오는 짧은 단발머리를 한 적이 있는데, 옆얼굴을 가리지 못해 친구들을 마주칠 때마다 수치심을 느꼈다. 옆자리에 앉은 짝사랑한 남자아이에게 못나 보일까 머리를 계속 매만지느라 수업에 집중하기 힘든 적도 있었다. 만일 단발머리를 하지 않았더라면 내가 원하는 머리를 하고 수업에 집중했을 것이며 불필요한 수치심도 느끼지 않았을 것이다.

내가 다닌 중학교는 발목양말도 규제했다. 당시만 해도 목이 긴 양말이 '기본'이고 발목양말은 '멋'을 부리는 소품 정도로 생각한 듯하다. 정문에 버티고 선 선도부는 발목양말을 신고 등교하는 학생들을 신나게 잡아 벌점을 부여했다. 사춘기를 겪던 나는 아주 조금이라도 다리가 길어 보이고자 어떻게든 발목양말을 신고 싶었다. 이에 늘 가방에 여러 개의 발목양말을 넣어 다니면서 뺏기면 갈아 신기를 반복했다.

사실 이 모든 일화를 떠올려보면 그야말로 "뭣이 중헌데"라는 영화 〈곡성〉의 대사가 절로 나온다. 학생이며 교사며 모두 불필요한 데 힘을 뺀 것이다. '이 에너지를 다 같이 봉사하거나 운동하는 데 썼더라면 얼마나 좋았을까' 하는 생각이 든다.

  이제는 인권의식이 제고되어 이러한 규제가 차츰 사라지고 있다. 서울시 교육청은 2019년 2학기부터 두발자유화를 전면 시행했고, 인천시 교육청도 국가인권위원회의 권고를 받았기에 곧 그리할 것으로 보인다. 국가인권위원회는 염색과 파마 등을 무조건 금지하고 휴대전화를 일괄 수거하는 등의 생활규정이 학생들의 자기결정권 등을 침해한다고 본다. 우리나라 헌법 중 '인간의 존엄과 가치, 행복을 추구하기 위해 누려야 할 기본권'을 다룬 10조와 국제연합United Nations, UN에서 채택, 발효된 〈아동권리협약〉 중 '사생활에 대한 자의적·위법적 간섭을 받지 않을 아동의 권리'를 다룬 16조에 어긋난다는 것이다.

  학생들은 우리와 같은 사람으로 나름의 가치체계에 기반해 인생을 살아간다. 우리는 올바른 방향을 제시하고, 조금 더 나은 가치판단을 할 수 있도록 도울 뿐, 어느 길로 가라고 강요할 수 없다. 사람이 사람에게 어떤 생각을 강요하고 규제하는 건 인권적 차원에서 근본적으로 옳지 않고, 있어서도 안 되는 일이다.

  하지만 한국은 학생을 '불완전한' 존재로만, 어른이 '까라면 까야 하는' 존재로만 보는 게 사실이다. 정말 그들이 불완전하다면 '설득'하거나 '교육'하면 될 텐데, '강제'나 '규제'로 통제하려고만 한다. 바로 이것이 한국에서 학생 개개인의 특성과 관계없이 일괄적으로 야간자율학습을 하게 한 이유고, 용모를 규제한 이유며, 학생들의 의견은 '가치가 없다'라며 무시한 이유다.

물론 나도 반성해야 한다. 나는 늘 청소년들의 주체성을 강조하며 불필요한 규제들을 철폐해야 한다고 생각하면서도 그들의 능력을 평가절하하고 있었다. 적극적으로 정치에 참여하고 의견을 피력하는 베를린 청소년들을 보며 이를 깨달았다.

한번은 인발리덴공원Invalidenpark을 지나다가 수백 명의 사람이 모여 있는 것을 보았다. 이들은 "지구 아닌 대안행성은 없다There's no planet B"라거나 "기후가 아니라 시스템을 바꿔라Change the system, not the climate" 등의 구호를 외치며 시위 중이었다. 자세히 살펴보니 방송국 앵커와 신문기자 등이 이들을 취재하고 있었다.

이게 무슨 일인가 싶어 근처에서 쭉 지켜보던 30대 남성에게 "이 사람들은 뭘 위해 구호를 외치는 것이냐"라고 묻자 "기후변화의 심각성을 알리는 운동 중이다. 매주 금요일마다 이렇게 모인다"라고 알려주었다. 그가 자리를 뜨지 않기에 이 운동에서 어떤 역할을 맡았는지 물으니 의외의 답이 돌아왔다. 그는 웃으며 이 시위는 10대 학생들이 이끈다고 했다. 그러고 보니 군중을 향해 소리치는 이들이 꽤 어려 보였다. 정말 10대들이었다.*

이들은 기후변화를 막아야 한다고 주장하며 관련 행동을 촉구하는 운동인 '프라이데이 포 퓨처Friday for Future, FFF'의 지지자들로 매주 금요일 시위를 벌인다. 그레타 툰베리Greta Thunberg를 필두로 스웨덴에서 시작된 이 운동은 베를린을 비롯한 독일의 여러 도시와 벨기에, 포르투갈, 오스트리아, 이탈리아 등 유럽 전역에서 활발하게 전개되고 있다.

FFF는 10대를 넘어 모든 세대에게 큰 영향을 미쳤는데, 베를

▌세상을 바꾸는 청소년들

2019년 5월 31일 인발리덴공원에 모인 10대 청소
년들이 환경보호를 촉구하고 있다. 학업 외의 영역
에서 목소리를 내는 모습이 인상적이다.

린에서만 2만 명 이상이 시위에 참여한 적이 있을 정도다. 실제로 시위현장에서 유아를 데리고 나온 40대 부모나 70~80대 노인 등 다양한 세대를 볼 수 있다.

비슷한 양상이 비행기 탑승 반대 운동인 '플뤽스캄Flygskam'에서도 나타났다. 이 운동은 '부끄러운 비행flight shame'이라는 뜻 그대로 지구온난화가 심각한 상황에서 비행기를 타는 이들에게 죄책감, 또는 수치스러움을 환기한다.

플뤽스캄은 유럽 국가 중에서도 기후변화에 민감한 스웨덴에서 2017년 가장 먼저 시작되었다. 스웨덴 가수 스타판 린드베리Staffan Lindberg가 환경을 위해 비행기를 타지 않겠다고 선언한 뒤 바이애슬론 선수 비에른 페리Björn Ferry, 오페라 가수 말레나 에른만Malena Ernman 등이 동참하면서 빠르게 퍼져나갔다.

결정적으로 툰베리가 뛰어들며 플뤽스캄은 새 전기를 맞았다. 그는 UN의 '청년 기후 정상회의'와 '기후행동 정상회의'에 참석하기 위해 탄소를 배출하지 않는 태양광 요트를 타고 스웨덴을 떠나 15일간 대서양을 항해해 2019년 8월 28일 뉴욕에 도착했다. 툰베리는 이러한 활동을 인정받아 2019년 노벨평화상 후보로까지 추천되었다.

여러 운송수단 중에서 비행기가 대상이 된 건 시간당 온실가스를 가장 많이 배출하기 때문이다. 유럽환경청European Environment Agency에 따르면 승객 한 명이 1킬로미터를 이동할 때 비행기가 배출하는 이산화탄소 배출량은 285그램으로, 버스(68그램)의 네 배, 기차(14그램)의 스무 배에 달한다. 전 세계의 항공산업은 매년 약 10억 톤의 이산화탄소를 배출하는데, 브라질, 캐나다, 한국, 영국 등이 배출하는 양만큼 뿜어내는 셈이다.

플뤼그스캄 운동가들의 SNS를 보면 '#flygskam(비행기 타는 걸 부끄러워하라)', '#tagskryt(기차로 여행하는 자부심)', '#jagstannarpåmarken(나는 지상에 있다)' 등의 해시태그가 자주 등장한다. 그들이 무엇을 주장하는지 잘 드러나는데, '행동강령'을 정리하면 이렇다. ① 비행기보다는 가능한 한 기차 타기, ② 국제회의는 가능한 한 화상통화로 대체하기, ③ 비행기를 꼭 타야 한다면 승객 한 명당 배출하는 이산화탄소량을 줄이기 위해 가능한 한 승객이 많은 항공편 타기, ④ 일등석이나 비즈니스석보다는 이코노미석 타기, ⑤ 비행기가 연료를 적게 사용하도록 수화물 줄이기, ⑥ 항공편을 이용한 해외직구를 가능한 한 하지 않기, ⑦ 항공편 중 단거리는 장거리보다 연비가 좋지 않으므로 최대한 타지 않기 등이다.

플뤼그스캄이 유럽 전역으로 확산하자 각국의 환경운동가들이 다양한 방식으로 이에 호응하고 있다. 영국의 '플라이트프리 2020FlightFree2020' 운동과 프랑스의 '레스통 레 피에 쉬 테르Restons les pieds sur terre(지상에 있자)' 운동이 대표적이다. 벨기에, 캐나다 등에서도 유사한 운동이 진행되고 있다. 네덜란드에서는 국영항공사까지 나섰다. '책임 있는 여행'을 표어로 내건 케엘엠 왕립 네덜란드 항공KLM Royal Dutch Airlines은 단거리 탑승객에게 기차 등 다른 탈 것의 정보를 알려주고, 꼭 비행기를 타야 한다면 수화물을 가볍게 꾸릴 것을 권고한다.

스웨덴에서는 비행기 이용 자체가 크게 줄었다. 스웨덴에서 가장 큰 열 개 공항을 운영하는 국영기업 스웨다비아Swedavia는 "2018

년 국내선 비행기의 승객 수가 3퍼센트 감소했는데, 기후변화에 대한 우려가 그 이유다"라고 발표했다. 세계자연기금World Wide Fund for Nature도 "기후변화에 대한 우려로 2018년 스웨덴 국민의 23퍼센트가 비행기 이용을 줄였다"라고 분석했다. 항공기 운항에 따른 환경부담금도 여러 국가에서 신설되었다. 청소년들의 적극적인 활동이 이만큼이나 세상을 바꿔놓은 것이다.

FFF 시위에 참여한 학생들을 지켜보며 '우리나라에서 청소년이 시위를 주도한다면 사람들이 귀담아들을까. 비웃지는 않을까' 하는 생각이 들었다. 학생 때의 경험에 비춰보면 "그럴 시간에 한 자라도 공부를 더 해서 좋은 대학이나 가라"는 말이 나올 것만 같다.

그나마 다행인 건 우리나라도 조금씩 변화하고 있다는 것이다. 완전한 두발자유화라든지, 선거연령의 하향 논의 등이 이러한 변화를 반영한다. 다른 나라보다 우리나라 청소년들이 유독 자기 의견이 없고 무능력해서 정치적 의견을 내지 못하는 게 아니다. 기회가 없었을 뿐이다. 우리나라에서도 청소년이 더는 규제의 대상이 아니라, 자기 생각을 능동적으로 밝히는 주체로 인식되었으면 좋겠다.

●   **기후변화와 정치**

어느 나라나 젊은 세대가 진보적 성향을 띠기는 하지만, 특히 독일에서는 기후변화에 관한 문제의식을 바탕으로 녹색당Die Grünen의 지지율을 높이는 데 이바지하고 있다. 18~24세 사이의 젊은 유권자 가운데 3분의 1이 녹색당을 지지할 정도다. 자본주의나 사회구조의 문제를 짚는 좌파당보다 환경문제 자체를 다루는 녹색당이 젊은 세대의 공감을 더 잘 끌어내기 때문이다.

2 ─ 또한 지킬 건 지키기에

감수할 것과
감수하지 않아야 할 것

베를린에서의 아침은 늘 마트에서 파는 샐러드, 과일, 요구르트 등으로 때웠다. 독일 마트물가는 정말 저렴하다. 나는 혼자였기에 4유로어치만 장을 봐도 3일간 거뜬히 아침을 먹을 수 있었다.

마실 물도 마트에서 해결했다. 현지인 친구들은 수돗물은 안전하니 목이 마르면 떠서 마시라고 했지만, 석회가 섞여 있어 어쩐지 건강에 좋지 않을 것만 같았다.* 그래서 늘 페트병에 담긴 생수를 사 먹었다. '판트^{Pfhand}'라고 하는 보증금제도가 있어 빈 병을 마트에 반납할 경우 병당 0.25유로를 받기에 경제적 부담도 덜했고 말이다.

그런데 마트를 애용한 만큼 감수해야 할 불편함도 있었다. 한국인의 시각에서 볼 때 베를린의 마트들은 너무 일찍 닫고, 너무 자주 닫는다. 베를린은 북위 52도에 있어 여름철에는 해가 매우 길다. 밤 열 시가 되어도 어두워질락 말락 한다. 그래서 한창 놀다가 어두워져 귀가하면서 마트를 들리려 할 때면 십중팔구 닫혀 있었다. 대부분의 마트는 저녁 여덟아홉 시에 닫기 때문이다.**

서울에서는 자정까지 문을 여는 마트를 아무 때고 내 집 드나들 듯했기에, 일찍 닫는다는 게 너무 불편했다. 그래도 이 정도야 다른 나라에서도 쉬이 볼 수 있는 수준이라 참을 만했다. 정말 참을 수 없는 건 일요일마다 전국의 모든 마트가 닫는 것이었다.

한번은 생리를 막 시작한 토요일 저녁에 사둔 물을 다 마신 걸 깨달았다. 몸이 좋지 않고 잠은 쏟아지는데, 목까지 너무 말랐다. 당장 일요일 아침 일어나서 먹을 과일이나 시리얼 등도 없었다. 원래 계획으로는 다음 날 온종일 어디에도 나가지 않고 그냥 집에 박혀 영화나 보면서 쉬려 했는데, 음식과 물이 똑 떨어진 것이다.

베를린에는 딱히 편의점 같은 것이 발달해 있지 않다. 24시간 문을 여는 구멍가게 수준의 슈퍼마켓이 있기는 하지만 값이 터무니없이 비싼 데다가 상품 종류도 매우 적어 꼭 마트를 가야 했다.

큰 결단이 필요했다. 마트를 갈 힘이 없어 잠시 쉬다 가려고 눈을 붙였는데, 너무 많이 자버렸다. 눈을 뜨니 어느새 저녁 아홉 시 반이었다. 검색해보니 집에서 200미터 거리에 있는 알디ALDI는 여덟 시에 문을 닫은 상태였다. 500미터 거리에 있는 리들LIDL은 아직 영업 중이었지만, 저녁 열 시에 문을 닫는다고 했다.

곧바로 장바구니를 챙겨 리들을 향해 미친 듯이 뛰었다. 가는 내내 욕이 절로 나왔다. '일요일에 마트를 닫는 불편한 국가라

문을 닫은 마트

베를린의 한 마트가 일요일이라 문을 닫았다. 생각보다 꽤 불편한데, 개성 넘치는 벼룩시장을 즐길 수 있기에 충분히 감수할 만하다.

▌도심 속 벼룩시장

티어가르텐의 6월 17일 거리(Straße des 17. Juni)에
서 매주 주말 열리는 벼룩시장 모습이다. 1970년
대 시작되어 베를린에서 가장 긴 역사를 자랑한
다. 다른 벼룩시장보다 물건들이 약간 비싸지만,
그만큼 품질이 훌륭하다.

서 내가 별 고생을 다 하는구나' 싶었다. 가까스로 도착해 물, 맥주, 과일, 요구르트, 샐러드 등을 마구 담은 뒤 계산대에 섰다. 열시 10분 전이었다. 겨우 물건을 샀다. 장을 보고 나니 진이 완전히 빠져 거의 기어 오듯 집으로 돌아왔다. 곧바로 잠자리에 들었지만, 계속 짜증이 났다. 당시에는 대체 왜 이렇게 불편하게 사는지 이해가 안 되었다.

푹 자고 일어나 '겨우' 사 온 맥주와 음식 등을 먹고 영화를 보며 쉬었다. 오후 세 시쯤 되니 몸이 쑤셨다. 일요일이고 하니 오랜만에 벼룩시장을 둘러볼까 싶었다. 지체 않고 마우어공원Mauerpark에서 일요일마다 큰 규모로 열리는 벼룩시장으로 향했다. 그곳에서는 그야말로 모든 걸 아주 싼 가격에 살 수 있다. 늘 가지고 싶었던 소품들을 샀는데, 흥정으로 값을 깎아 은반지는 세 개에 20유로, 지퍼 달린 후드와 민소매 셔츠는 합쳐서 3유로에 샀다. 저렴하게 쇼핑을 마친 뒤 체력이 바닥나 옆에 있는 간이식당에서 케밥을 먹었다.

배를 채우며 사람들을 구경했다. 하하 호호 웃음이 끊이지 않는 행복한 사람들이 지나갔다. 한국에도 벼룩시장이 활성화되면 좋겠다는 생각을 하며 입에 케밥을 가득 물었다. 그러다 문득 '아!' 하는 탄성과 함께 깨달았으니, '독일에 벼룩시장이 활성화된 데는 이곳 특유의 근검절약 정신뿐 아니라 일요일에 마트를 운영하지 못하게 하는 정책도 크게 이바지했겠구나'라고 생각했다. 나만 해도 한국에서는 백화점은 매주 일요일, 마트는 격주 일요일에 문을 여니 굳이 벼룩시장을 찾을 이유가 없었지만, 독일에서는 일요일마다 늘 벼룩시장을 즐기게 되었으니 말이다.

독일의 일요일은 단순히 마트만 쉬는 날이 아니다. 독일인들은 일요일을 '모든 이가 쉬는 날'로 여긴다. 애초에 일요일을 '휴무일', '쉬는 날', '안식일'이란 뜻의 '루에타크Ruhetag'로 정한 것도 옛날 독일의 한 시골에서 '일요일에는 모든 이가 쉬어야 하니 상점을 닫을 것'이라는 내용의 법을 정한 덕분이다. 이러한 전통에 따라 일요일이 되면 마트, 백화점, 약국, 꽃집 등을 비롯해 대부분의 점포가 문을 닫는다. 일하는 모든 이에게 쉬어야 할 권리가 있다고 보기 때문이다.

반면 한국에는 일요일은커녕 명절에도 쉬지 못하는 노동자가 많다. 적지 않은 마트, 아웃렛, 백화점, 복합쇼핑몰, 면세점 등에서 '매출경쟁' 때문에 영업을 강요당한다. 2019년 설에 관련 취재를 했는데, 당시 한 업계 관계자는 "매출이 안 나오면 본사에서 지적한다. 보통 주변에 다른 아웃렛이나 백화점 등이 있어 매출경쟁을 하기 때문에 명절에도 영업하는 것 같다"라고 했다.

역시 설에 문을 연 한 아웃렛의 점주는 "나도 연휴에는 쉬고 싶다. 한두 개 더 파는 것보다 고향에 내려가 부모님과 명절을 즐기고 싶다"라고 토로했다. 만일 독일처럼 모두 쉬는 연휴, 모두 쉬는 일요일이 보장된다면 그는 오롯이 명절을 즐길 수 있었을 것이다.

생각해보면 독일에서 내가 감수한 '불편함'은 모든 노동자의 쉴 권리, 가족과 행복한 시간을 보낼 권리에 비하면 아주 사소한 것이다. 게다가 사람은 적응의 동물이라고, 몇 번의 불편함을 겪은 후에는 '사재기'로 일요일을 대비하는 지혜를 터득했다.

베를린 마트에서 깨달은 게 또 있었다. 그곳의 노동자들은 열

명 중 아홉 명이 모두 의자에 앉아서 일한다는 사실이다. 이 중 한 명은 앉지 못하는 이가 아니라, 계속 앉아서 일하다가 휴식 겸 일어선 이들이다. 한국인인 나에게는 사뭇 낯선 풍경이었다. 한국에서는 마트 노동자들이 내내 서서 일하니 말이다.

물론 한국도 '앉을 권리'를 보장하고 있다. 2011년 고용노동부는 '산업안전보건기준에 관한 규칙'을 개정, 매장에 의자와 휴게 시설을 설치하도록 하는 문항을 넣었다. 이에 따라 마트에도 의자가 생겼다. 하지만 고객들의 시선을 의식한 유통업체들이 앉지 않는 걸 강요, 또는 권고하여 의자는 '그림의 떡'으로 전락했다.

2018년 11월 서울에서는 시위가 열렸다. 백화점이나 아웃렛 등에서 종일 서서 일하는 마트 노동자들이 모여 앉을 권리를 보장해달라고 호소한 것이다. 이들은 "길게는 열 시간 넘게 서 있어야 하는데, 의자가 있어도 앉을 수 없다"라고 목소리를 높였다.

분명 마트 노동자들이 앉아서 일하면 몸이 더 편하니 자연스레 좀더 웃고, 좀더 빠르게 일할 수 있을 것이다. 그런데도 우리는 이들에게 앉을 권리를 허하지 않고 있다. 마트 노동자들이 굳이 감수하지 않아도 될 불편함이다. 진정 모두 행복한 사회가 되기 위해서는 감수해야 할 불편함과 굳이 감수하지 않아야 할 불편함을 구분할 필요가 있다.

● 베를린 수돗물, 정말 마셔도 될까?

독일인들은 수돗물의 질에 꽤 자부심을 느낀다. 특히 베를린이나 뮌헨은 수돗물 관리에 뛰어나다고 알려져 있다. 베를린 수돗물은 '아기가 마셔도 괜찮은 수준'이라는 설명도 어렵지 않게 들을 수 있다.

하지만 독일인들이 수돗물을 즐겨 마시는 건 아니다. 프랑스나 이탈리아와 달리 레스토랑에서 "수돗물 한 잔 주세요Tap water"라고 요구하는 일도 흔치 않다. 유럽 환경단체 '탭 워터TAPP Water'에 따르면 독일인 한 명은 매년 약 147리터의 생수를 사서 마신다.

●● 대형 마트의 딜레마

'주말이 있는 삶'은 정말 중요하지만, 동시에 간단히 말하기 어려운 주제이기도 하다. 유통업, 특히 오프라인 유통업은 다른 산업 대비 고용창출 효과가 큰데, 우리나라 산업구조상 온라인 유통업에 밀리지 않기 위해서는 주말에 영업하는 일이 어느 정도 필요하기 때문이다.

2020년 2월 롯데백화점, 롯데마트, 롯데슈퍼, 롭스 등을 운영하는 롯데쇼핑은 향후 3~5년간 전체 매장의 약 30퍼센트인 200곳을 폐점하겠다고 밝혔다. 영업이익이 크게 줄어서다. 롯데쇼핑은 2019년 연결 기준 영업이익 4,279억 원을 기록했는데, 이는 전년 대비 28.3퍼센트나 줄어든 수치다.

롯데쇼핑이 200곳을 폐점한다면 장기적으로 구조조정을 피할 수 없어, 결국 일자리 5만 개 이상이 사라질 것이다. 이마트의 실적도 악화하고 있어서 '대형 마트의 몰락'이라는 평가가 나온다. 가족규모가 점점 작아지고 유통업이 온라인 위주로 재편되는 변화를 대형 마트가 따라가지 못했다는 것이다. 동시에 '영업시간 제한', '월 2회 의무휴업', '출점 제한' 등 다양한 규제가 대형 마트의 몰락을 낳았다는 분석이 제기된다. 소상공인을 보호하려고 둔 규제 때문에 대형 마트가 온라인 유통업에 밀리면서 엄한 노동자들만 일자리를 잃게 되었다는 지적이다.

'모든 노동자가 일요일에 공평하게 쉴 수 있다면, 월 2회 의무적으로 휴업해야 하는 대형 마트가 기울어진 운동장이라고 불만을 표하지 않았을 테고, 온라인 유통업에 밀려 점포규모를 줄이는 일도 발생하지 않았을 텐데' 하는 생각이 든다. 진정 노동자들을 위하는 건 어느 방향일까. 어렵기만 하다.

눈이 닿는 곳
어디든 녹색

지하철인 우반$^{U\text{-bahn}}$을 타고 포츠담광장$^{Potsdamer\ Platz}$ 너머 이스트사이드갤러리$^{East\ Side\ Gallery}$와 슈프레강 근방을 지나가다 보면 아름다운 풍경에 자연히 고개가 돌아간다. '글라이스드라이에크공원$^{Park\ am\ Gleisdreieck}$' 때문이다.

나는 이곳을 지날 때면 삼삼오오 모여 잔디밭에서 뛰놀거나 스케이트 타는 아이들, 일광욕하는 커플들, 벤치에 앉아서 쉬는 가족들을 구경하곤 했다. 글라이스드라이에크공원에는 넓은 잔디밭과 꽃밭, 스케이트장, 스케이트보드를 탈 수 있게 설치된 구조물, 모래가 깔린 비치발리볼 경기장 등이 쭉 늘어서 있다. 어찌나 넓은지 가도 가도 끝이 없다. 그야말로 완벽한 공원이다.

하지만 글라이스드라이에크공원은 단순히 아름답기만 한 게 아니다. 많은 과정을 거쳐 탄생한 의미 있는 공원이다. '글라이스드라이에크'란 삼각형 형태로 세 개의 기차역이 교차한다는 뜻으로, 실제로 이곳은 과거에 교통의 중심지였다. 바로 옆의 포츠담광장도 포츠담과 베를린을 잇는 주요 도로가 지나는, 유럽에서 가장 번화한 곳이었다.

하지만 포츠담광장과 그 주변부는 제2차 세계대전을 거치며 완전히 파괴되었다. 냉전이 격화되며 광장 중심에 베를린장벽이 세워지자 31.5헥타르에 달하는 인접지역까지 모두 황폐화되었다. 이후 화물이나 우편물 따위를 쌓아놓는 야적장으로 쓰였는데, 1989년 장벽이 무너지자 세간의 이목이 쏠렸다.

포츠담광장은 지리적 이점 때문에 재건설 논의의 중심으로 떠올랐다. 빌딩부터 도로까지 다양한 건설계획이 이곳을 둘러싸고 논의되었다. 하지만 강력한 반대에 부딪혔으니, 베를린 사람들은 휴식공간을 원했기 때문이다. 시민단체들은 포츠담광장은 사무지구로 개발하고, 대신 주변부는 공원으로 꾸미자고 제안했다.

흥미롭게도 베를린시는 1997년 이러한 제안을 수용했다. 이어 포츠담광장 개발 수익금 중 일부를 공원을 조성하는 데 투자하기로 합의했다. 공원디자인은 설계사무소인 아틀리에 로이들^{Atelier LOIDL}이 맡았다. 콘셉트는 활발한 활동을 지향하는 사람들을 위한 체육공간과 휴식을 취하고 싶은 사람들을 위한 휴게공간을 모두 제공하는 것이었다.

2011년 글라이스드라이에크공원의 동부공원^{Ostpark}이, 2013년 서부공원^{Westpark}이 완성되었다. 중앙에 넓은 잔디밭을 만들고 큰 나무들을 심어 곧바로 베를린 사람들의 안식처로 자리 잡았다.

시민의, 시민에 의한, 시민을 위한 공간 ▌

베를린의 대표적인 공원 중 하나인 글라이스드라이에크공원이다. 녹지가 넓어 늘 많은 사람이 찾는다. 동부공원과 서부공원으로 구분되며 다양한 여가활동을 즐길 수 있다.

2015년에는 실용성과 심미성 두 토끼를 모두 잡았다는 평가와 함께 독일조경건축대상Deutscher Landschaftsarchitektur-Preis을 받았다.

'템펠호퍼공원Tempelhofer Feld' 역시 글라이스드라이에크공원과 유사한 과정을 거쳐 탄생했다. 템펠호퍼공원은 2008년 10월 30일까지 국제공항 중 하나로 사용되었는데, 그 면적이 베를린의 10분의 1에 달할 정도로 매우 넓다. 기존 건물들은 부수지 않고 사무실로 사용하고 있다.

활주로 사이 넓게 조성된 잔디밭에 돗자리를 깔고 누워 하늘을 바라보면 온전히 하루를 즐기고 있다는 느낌을 받을 수 있다. 드넓은 활주로에서 베를린 사람들은 자전거, 킥보드, 스케이트보드, 롤러스케이트 등을 타거나, 바비큐파티를 즐긴다. 매년 9월에는 대규모의 연날리기축제Festival der RIESENDRACHEN도 열린다.

사실 이곳에 아파트단지를 조성하자는 의견도 있었다. 하지만 이에 반대하는 의견이 받아들여지며 템펠호퍼공원은 어디에서도 볼 수 없는, 유일한 매력을 가진 곳으로 거듭났다.

이처럼 베를린에서는 개발에 반대하는 목소리가 받아들여진 경우가 적지 않다. 평범한 사람들을 위한 공간을 만들자는 의견이 개발논리를 꺾는 과정은 매우 인상적이다. 더욱 눈길을 끄는 건 그 장소가 다른 무엇도 아닌 '공원'으로 변모했다는 점이다.

공원이 없었느냐 하면 그것도 아니다. 베를린에는 이미 수많은 공원이 있었다. 녹지와 공원 그리고 호수가 전체 도시면적의 3분의 1 이상을 차지했을 정도다. 베를린 중심부의 '티어가르텐공원 Großer Tiergarten'이 대표적이다. 이 공원은 면적이 여의도의 4분의 1에 달할 정도로 거대하다. 상황이 이런데도 베를린 사람들은 더 많

공원으로 탈바꿈한 공항

템펠호퍼공원은 무려 355만 제곱미터 크기의 광활한 녹지다. 안내도를 보면 알 수 있듯 2008년까지 공항으로 사용되었다. 그러다가 2010년 공원으로 다시 태어났다. 2015년부터 2019년까지는 부지 일부를 난민들에게 임시거처로 제공했다.

▌녹색 도시 베를린

크로이츠베르크에 있는 '괴를리처공원(Görlitzer
Park)'의 모습이다. 매우 광활하게 펼쳐진 잔디밭
이 특징이다. 많은 사람이 이곳에서 일광욕을 즐
긴다.

은 공원을 바랐고, 당국도 이 필요에 공감했다. 공원이 늘어날수록 더 많은 이가 더 질 좋은 휴식의 권리를 보장받는다고 보았기 때문이다.

베를린시는 휴식의 권리와 관련된 구체적인 지침을 가지고 있다. "모든 베를린 시민은 주거지에서 500미터 이내에 6제곱미터 이상의 녹지에 접근할 권리가 있다"라는 내용이다. 베를린시는 이 지침을 충족하는 지역이 판코우Pankow와 프렌츠라우어베르크Frenzlauer Berg 등 일부에 국한된다고 보고 끊임없이 공원 만드는 데 열중하고 있다. 공원을 만들자는 의견을 적극적으로 수용하는 이유다.

사실 녹지는 인간 행복에 필수적인 요소다. 지금까지 수많은 연구가 공원이나 숲 같은 녹지가 인지능력 향상에 유의미한 영향을 미치고, 정신건강 증진이나 고통 감소에도 도움을 준다고 밝혀냈다.

베를린 사람들은 퇴근 후 집 가까운 공원에서 산책할 수 있는 권리, 그래서 스트레스를 낮추고 좀더 건강한 삶을 누릴 권리를 온전히 누린다.

빈 병 수거의
달인들

학창시절 매주 목요일 아침이면 평소보다 일찍 일어나 부모님을 따라 재활용품을 버리곤 했다. 어쩜 그렇게 늘 한가득 나오는지 신기했는데, 재활용품과 다른 쓰레기를 분리하는 데 철저했기 때문일 것이다.

한국인의 엄격한 잣대로 바라봐도 독일의 재활용문화는 확실히 체계가 잘 잡혀 있다. 2003년 도입된 '판트' 덕분이다. 판트는 일종의 '보증금'으로, 음료를 살 때 판트까지 더해 계산하고 이후 마트에 병을 반납하면 돌려받는다.

예컨대 생수를 사면 생수값 0.2유로와 판트 0.25유로를 함께 내야 하는데, 생수를 다 마신 뒤 병을 무인회수기에 넣으면 0.25유로에 해당하는 바우처를 준다. 무인회수기는 대부분의 마트에 설치되어 있는데, 없어도 직원이 받아준다.

반환된 병은 음료회사가 회수해서 씻은 뒤 재활용한다. 페트병의 경우 최대 25회, 유리병의 경우 최대 50회까지 재사용할 수 있는데, 결과적으로 병을 적게 만들어 이산화탄소 배출을 획기적으로 줄이고 있다.

마트에서 생수 등을 구매하면 음료값보다 판트가 더 큰 경우가 다반사라 자연히 신경 쓰게 된다. 자취하는 친구네에 놀러 가면 어렵지 않게 산처럼 쌓인 빈 유리병과 페트병, 캔을 볼 수 있었고, 나 역시 병을 차곡차곡 모으다가 열 개 정도가 되면 반납해 판트를 돌려받곤 했다.

그렇다면 야외에서 음료를 마시고 병이 생기면 어떻게 처리할까. 한번은 친구와 맥주를 마시며 길거리를 걷다가 내가 병을 쓰레기통에 넣자 친구가 다급히 말렸다. "쓰레기통 안에 넣으면 사람들이 빼기 힘드니까 그냥 바닥에 놔둬"라며 말이다. 또 다른 친구 역시 내게 "베를린에는 전문적인 병 수거인들이 많아. 보통 쓰레기통 안에 휴대전화 조명을 비춰서 병을 찾는데, 굳이 그들을 수고스럽게 하고 싶지 않으니 그냥 밖에 둬"라고 설명했다.*

베를린에는 내 친구들처럼 생각하는 이들이 적지 않은데, '전문적인 병 수거인들'은 사회보장금을 받는 노인이나 노숙자를 가리킨다. 베를린 길거리 곳곳에 병이 '전시'되어 있는 이유다. 판트가 인상적인 건 환경을 고려할 뿐 아니라, 이처럼 사회보장적 기능까지 지니고 있어서다.

2011년 9월 23일 독일 방송매체 《도이체벨레 *Deutsche Welle*》가 보도한 내용을 보면 판트의 사회보장적 기능이 잘 드러난다. 《도이체

▌쓰레기통 옆의 병들

베를린에서는 쓰레기통 주위에 놓인 병들을 심심
찮게 볼 수 있다. 노숙인 등이 병들을 가져다가 판
트를 받을 수 있도록 배려한 것이다.

벨레》는 "과거 베를린 길거리에는 노숙자와 알코올중독자 등이 즐비했다. 하지만 이들이 판트를 받기 위해 병을 모으면서 극빈층이 다수 주는 등 긍정적 효과가 나타났다"라고 보도했다.

당시 《도이체벨레》는 병을 모으는 61세의 귄터Günter를 취재했다. 귄터는 "(매달 받는 연금) 700유로로는 적절한 생활을 할 수 없다"라면서 "이제 병을 모아 하루 최대 5유로씩 벌어들인다"라고 했다. 그는 템펠호퍼공원에서 몇 년째 병을 모으고 있다면서, 이곳에서는 축제가 자주 열리는데 그럴 때면 병을 더욱 많이 모은다고 부연했다.

자선단체 베를린타펠Berliner Tafel의 자비네 베르트Sabine Werth 회장도 판트의 사회보장적 기능을 유의미하게 생각한다고 밝혔다. 그는 "노숙자와 노인 등 많은 사람이 판트로 돈을 모아 필요한 물품을 사기 시작했다"라고 설명했다. 실제로 마트 등을 가보면 노숙자와 노인 등이 판트로 시리얼, 우유, 과일 등을 구매하는 모습을 빈번히 볼 수 있다.

베르트 회장에 따르면 판트는 단순히 경제적 측면에서만 의미 있는 게 아니다. 그는 "많은 빈곤층, 노인층은 보통 사회생활을 하지 않고, 목적을 잃은 채 외로움의 순환에 빠져 있다"라면서 "하지만 판트를 위해 병을 모은다는 '목적'이 생기면서 밖으로 나와 사람들을 만나게 되어 외로움을 많이 줄일 수 있게 되었다"라고 분석했다. 환경보호를 위해 도입한 판트가 단순히 환경적 측면에만 영향을 미치는 게 아니라 사회안전망의 기능도 꽤 잘하고 있는 것이다.

노인빈곤, 노인자살 문제가 심각한 우리나라에도 판트와 유사한 시스템을 도입해보면 어떨까. 우리나라 노인빈곤율은 2011년 48.8퍼센트로 최고점을 기록한 후 다소 하락했지만, 여전히 경제협력개발기구Organization for Economic Co-operation and Development, OECD 회원국 가운데 가장 높다. 참고로 OECD 평균은 14퍼센트다. 그도 그럴 것이 우리나라에서 노인이 할 일이라곤 폐지나 고철, 병 따위를 줍는 일 정도인 데다가, 온종일 주워도 2,000~3,000원을 벌기 힘들기 때문이다. 한국 사회에서 노인이 빈곤을 벗어나기란 여간 어려운 게 아니다.

경제적으로 위축된 노인들이 사회적으로도 고립되면서 자살을 택하는 경우가 늘고 있다. 우리나라 노인자살률은 10만 명당 58명으로 OECD 평균의 세 배에 달한다. 한국에도 판트처럼 독특하고 효과적인 사회보장제도의 출현이 절실한 시점이다.

● 노상 음주의 즐거움

베를린 길거리에서 자주 맥주를 마신 건 그곳의 문화가 그러했기 때문이다. 베를린 사람들은 '스파티Späti'라고 불리는 편의점에서 맥주를 산 다음 가게 밖에 앉아 마시거나, 근처 강가나 공원에서 마시기를 즐긴다. 이들은 말 그대로 시도 때도 없이 맥주를 마시는데, 당연히 매번 바에서 마시기에는 부담이 크다. 그렇다고 마트에서 맥주를 사서 마실 수도 없는 노릇이다. 대부분 맥주가 냉장고에 들어 있지 않아 미지근하니 말이다. 스파티에서는 훨씬 저렴하게 차가운 맥주를 살 수 있다. 특히 20대 초반이나 주머니 사정이 여의찮은 이들이 스파티를 즐겨 찾는다.

지키려다가 파괴하는
환경보호의 역설

2018년 4월 수도권 아파트를 중심으로 '쓰레기대란'이 일어났다. 재활용품을 수거하는 일부 민간업체에서 비용부담이 증가했다는 이유로 폐비닐과 폐스티로폼 수거를 중단한다고 통보하면서다. 당시 사태는 가히 대란이라고 불릴 정도였는데, 이후 많은 게 변했다. 카페에서 음료를 마실 경우 다회용 유리잔에 내주기 시작한 것도 이때부터다.

수차례 관련 취재를 하면서 쓰레기문제에 관심이 높아졌다. 이후 밖에 나갈 때면 꼭 텀블러를 챙긴다. 이전까지는 도통 관심이 없던 에코백도 늘 가방에 넣어 다닌다. 많은 사람이 쓰레기대란 이후 환경보호에 관심이 늘었다더니 그 영향인지 예쁜 디자인의 에코백도 많이 나와 기뻤다.

베를린에 머물던 2019년 6월에는 환경보호를 주제로 한 '움벨트축제Umweltfestival'에 들렀다. 1년 내내 축제가 열리는 베를린이지만 특히 이 축제는 규모가 꽤 크다. 경찰의 교통통제에 따라 브란덴부르크문을 기점으로 운터덴린덴가Unter den Linden를 따라 각종 부스가 쭉 들어섰다.

채식주의 운동 부스, 일회용품 지양 운동 부스, 동물복지 운동 부스 등등 다양한 곳에 들러 이야기를 나누고 환경보호를 공부하며 관련 물품을 샀다. 일회용 빨대를 쓰지 않겠다는 일념으로 부스 중 한 곳에서 유리빨대와 마음에 드는 디자인의 에코백을 장만했다. 기분이 날아갈 듯 기뻤다. 환경보호에 실제로 이바지하는 느낌이 들었기 때문이다.

그런데 부스를 쭉 둘러보면서 기분이 이상해졌다. 독일이 환경보호 강국으로 예전부터 에코백 사용이 일상화되었다지만, 지나칠 정도로 곳곳에서 에코백을 팔고 있었기 때문이다. 문득 '이미 에코백을 여러 개 가지고 있는데, 또 구매하면 오히려 환경에 나쁜 게 아닐까'라는 생각이 들었다.

알아보니 정말 그랬다. 에코백을 구매한 뒤 자주 사용하지 않으면 오히려 비닐봉지를 사용하는 것보다 환경에 악영향을 미친다. 2011년 발표된 '수명주기'에 관한 영국 환경청의 연구결과에 따르면 고밀도 폴리에틸렌으로 만든 비닐봉지, 종이봉투, 면재질의 에코백 순서로 환경에 좋지 않다. 각 제품 생산 시 발생하는 탄소의 양을 고려할 때, 비닐봉지 1회 사용을 기준으로 종이봉투는 3회 이상 사용해야, 면재질 에코백은 131회 이상 사용해야 환경을 보호하는 효과가 있다.

환경보호를 '즐기는' 방법 █

2019년 6월 2일 열린 움벨트축제 풍경이다. 환경
보호를 주제로 1995년부터 시작되었다. 매년 7만
명 정도가 참여한다. 2020년에는 6월 7일 열린다.

▌ '소비'로 실천하는 환경보호

옴벨트축제에는 다양한 부스가 들어선다. 마음에
드는 곳에 들러 평소 눈여겨보던 물품을 샀다.

덴마크 환경식품부도 2019년 유사한 연구결과를 발표했다. 저밀도 폴리에틸렌으로 만든 비닐봉지 1회 사용을 기준으로 면재질의 에코백은 7,100회 이상 사용해야 한다는 것이다. 심지어 유기농 면으로 만들어진 에코백은 2만 회 이상 사용해야 한다.

이에 따라 덴마크 환경식품부는 비닐봉지를 쓸 수 없을 때까지 최대한 많이 사용한 다음 재활용하는 편이 에코백을 구매하는 것보다 낫다고 결론지었다. 그러면서도 이는 지구온난화 관련 연구일 뿐, 해양생태계에 미치는 영향까지 고려하면 비닐봉지가 가장 좋지 않다고 덧붙였다. 미국 온라인매체 《퀴즈Quartz》도 비닐봉지든, 면재질의 에코백이든 여러 번 사용하는 게 환경에 좋다고 보도했다.

텀블러도 마찬가지다. 여러 개의 텀블러를 구매하거나, 텀블러를 산 뒤 사용하지 않으면 오히려 환경을 파괴할 뿐이다. 일회용 컵을 대체할 텀블러를 생산하는 과정에서 오히려 더 많은 온실가스가 배출되기 때문이다. 미국 수명주기 사용에너지량 분석 연구소Institute for Lifecycle Energy Analysis의 연구에 따르면, 실제 환경보호 효과를 내기 위해서는 유리재질은 15회, 플라스틱재질은 17회, 세라믹재질은 39회 이상 사용해야 한다. 이를 지키지 않으면 환경을 보호하려다가 오히려 환경을 파괴하고 만다.

이처럼 '진정한' 환경보호를 위해서는 고려할 게 여간 많은 게 아니다. 일각에서는 텀블러 사용이 일회용 컵 사용보다 환경에 더 나쁘다고까지 한다. 텀블러를 씻는 데 드는 세제가 결국 바다를 비롯한 수자원을 오염시키므로 이를 고려할 경우 텀블러를 아무리 사용한다 해도 친환경이 아니라는 것이다.

그야말로 '환경보호의 역설'이다. 앞서 이야기한 판트 관련해서도 이와 유사한 논의가 진행되고 있다. 2000년대 초반까지만 하더라도 대부분의 사람은 병을 씻어 재활용하는 일이 친환경적이라고 생각했다. 하지만 최근에는 판트가 과연 정말로 친환경적인가 하는 근본적 의문이 제기되고 있다.

연장선에서 코카콜라는 2015년 병을 재활용하지 않겠다고 선언했다. 당시 코카콜라는 "병을 모으는 데 너무 비싼 물류비용이 들고, 병을 모아둘 아주 큰 공터가 필요해 여러모로 비실용적이다"라고 밝혔다. 병이 수거된 자리에서 바로 재활용되는 게 아니라 공장까지 아주 멀리 옮겨야 하고, 세척도 해야 하기에 탄소발자국 등을 고려하면 코카콜라의 주장은 타당한 측면이 있다.

누구나 한 번쯤은 환경보호의 역설을 생각해봤으면 좋겠다. 자칫 환경을 보호하려다 오히려 망치는 일이 발생하기 전에 말이다.

반려견 키우기는
너무 어려워

어렸을 때 몇 번이나 개에게 쫓긴 적이 있다. 처음 쫓긴 건 초등 학교 저학년 때다. 할머니 댁에 놀러 갔다가 이웃집에서 키우던 개가 미친 듯이 쫓아와 발에 불이 나도록 도망쳤다. 개는 한참 동안 나를 기다리면서 마당을 맴돌며 짖어댔다.

충격이 미처 가시기도 전에 다시 한번 개에게 쫓기는 일이 생겼다. 초등학교 4학년 때 친구와 슬러시를 먹으며 여유롭게 하교 하던 중, 어느 아주머니가 산책시키던 개가 갑자기 날 향해 마구 짖기 시작했다. 그러고는 내 주변을 맴돌기에 깜짝 놀라 소리를 지르자 그때부터 나를 공격하려 했다.

아주머니는 "우리 개는 안 무니까 소리 지르지 마"라고 하며 방관했다. 크게 충격받은 나는 도망치기 시작했다. 정신없이 뛰는 바람에 컵에 든 슬러시가 넘쳐 옷을 다 적셨다. 그 소란 중에도 개는 끝까지 나를 쫓아왔다. 무작정 어느 아파트로 들어가 계단을 뛰어올라 6층까지 도망쳤는데도 계속해서 따라왔다. 결국 복도를 가로질러 다른 쪽 엘리베이터를 타고서야 도망에 성공했다. 아찔한 기억이다.

이후에도 개공포증은 계속되었다. 개에게 쫓기던 기억을 잊을 만하면 또 다른 개가 날 공격했다. 산책 중에 날 보며 미친 듯이 짖는 개를 만나기도 하고, 친구 집에 놀러 갔더니 키우는 개가 달려든 적도 있었다.

성인이 되어서도 개가 다가오면 눈물이 날 정도로 무섭고 힘들다. 길을 걷다가 개와 마주치면 걸음을 늦춰 먼저 보낸다거나, 엘리베이터에 함께 타야 하면 차라리 계단을 이용한다.

대학생이 되어 인도로 배낭여행을 가기 전에 가장 걱정한 것도 바로 이 문제였다. 인도는 개가 많기로 유명한 나라다. 떠돌이 개만 3,000만 마리에 이르는데, 전 세계 광견병 사망자의 35퍼센트가 인도인일 정도다. 이러한 사실을 알게 된 뒤 두려움이 커져 '비행기표를 괜히 샀나' 하는 생각까지 했다.

그런데 정작 인도에 가보니 전혀 문제가 없었다. 인도의 개들은 웬만하면 짖지 않고 그저 누워 있을 뿐 행인에게 관심을 두지 않았다. 단지 밤이 되면 사나워져 영역다툼을 하며 싸울 뿐이었다.

개의 본성은 사람을 쫓아다니면서 으르렁거리고 공격하는 것이라는 내 믿음에 균열이 생겼다. '어쩌면 한국에 사는 개들이 유난히 공격적인 게 아닐까?' 하는 생각마저 들었다. 이때는 막연하게 '사람이 기르는 개'와 '길에 방치되어 자란 개'의 차이라고 생각했다.

　내 믿음이 완전히 깨진 건 베를린에서였다. 분명 베를린의 개는 사람이 기르는 개였는데도 한국의 개와는 달랐다. 독일은 개 친화적 국가로 많은 사람이 개를 키운다. 베를린 역시 마찬가지다. 베를린에만 2016년 기준 10만 마리의 개가 반려견으로 등록되어 있다. 그렇다 보니 한국에서는 상상할 수 없을 정도로 곳곳에서 개를 볼 수 있다.

　출퇴근 시간 북적거리는 에스반과 우반, 버스에서 견주와 함께 탄 개를 만나는 건 흔한 일이다. 버스에서 문득 고개를 아래로 떨궜더니 개의 머리가 엉덩이나 발목 부근에 있던 적도 많다. 식당에 가도 견주와 함께 온 개를 쉽게 볼 수 있다. 합석이 흔하기에 내 바로 옆에 큰 개가 앉을 때도 많았다.

　이처럼 개와 가까이 있던 적이 아주 많았지만, 놀랍게도 내가 충격받거나 소리 지를 일은 단 한 번도 없었다. 개가 내게 관심을 보이며 킁킁대거나, 나를 노려보거나, 또는 내 쪽으로 먼저 다가오는 일이 없었기 때문이다. 베를린의 개들은 인도의 개들처럼 나에게 아무 관심도 보이지 않았기에 나 역시 개를 공포의 대상이 아닌, 그저 내 옆을 지나가는 존재 중 하나로 대할 수 있었다. 이쯤 되니 '대체 한국의 개만 유난히 공격적인 이유가 뭘까' 하고 궁금해졌다.

　한국에서는 최근 몇 년 새 개에게 물리는 사고가 급증하면서 연일 언론에 오르내린다. 소방청에 따르면 개에게 물려 병원으로 이송된 환자 수는 2015년 1,842명, 2016년 2,111명, 2017년 2,404명으로 꾸준히 증가하고 있다. 하루 평균 여섯 명 이상이 물리는 셈이다.

무시무시한 사례들도 많다. 2018년 2월에는 길을 지나던 70대 여성이 아메리칸 핏불테리어에게 신체 곳곳을 물어뜯겨 다리를 절단할 수밖에 없었고, 2019년 4월에는 경기도 안성시의 한 요양원 인근 산책로에서 1.4미터 크기의 수컷 도사견이 60대 여성을 덮쳤다. 이 여성은 병원으로 옮겨졌지만 다섯 시간 만에 과다출혈로 숨졌다. 유명 한식당 대표가 이웃집에서 기르는 개에게 물려 숨지는 사건도 있었다.

한국에서 유독 이러한 사고가 빈번한 데 대해 전문가들은 훈련이 부족하기 때문이라고 입을 모은다. 이혜원 수의사는 SBS와의 인터뷰에서 "최근 4~5년 사이에 반려견을 꼭 산책시켜줘야 한다는 인식이 생겼다. 그전에는 집 안에서만 키웠다. 이런 개들은 사회성이 부족해 밖에서 겪는 다양한 자극에 민감하게 반응하고 불안해한다. 갑자기 밖에 나왔기 때문에 공격적으로 반응하는 경우가 있다"라고 설명했다. 이어 "많은 견주가 입마개를 채우면 너무 불편해할 것 같다고, 불쌍하다고 생각하는데, 단계적으로 훈련하는 법이 있다. 시간이 걸리더라도 훈련해야 한다"라고 강조했다.

이웅종 연암대학교 교수이자 반려견 행동교정 전문가도 "우리나라에서 개에게 물리는 사고가 빈번하게 일어나는 건 '펫티켓' 교육이 얼마나 필요한지를 절실히 보여주는 단적인 예"라면서 "견주와 반려견을 대상으로 한 매너교육은 사회와 문제 없이 공존하기 위함이므로 꼭 받는 방향으로 나아가야 한다"라고 주장했다. 이어 "이를 위해서는 국가적 지원과 지자체의 관심이 절대적으로 필요하다"라고 설명했다.

개와 합석하는 바 ▌

베를린동물원역 근처의 인기 많은 바인 몽키 바
(Monkey Bar)는 반려견과 함께 입장할 수 있다. 창
밖으로 동물원을 볼 수 있어 많은 사람이 찾는다.

독일은 한국보다 반려견문화가 잘 정착해 교육이나 관리 등이 매우 엄격하다. 2011년 개 친화적 도시로 선정된 베를린에서는 우리나라의 주민센터에 해당하는 관공서Bürgeramt에 개를 등록하고 '축견세畜犬稅, Hundesteuer'를 내야 한다. 첫 번째 개에게는 연간 120유로, 추가되는 개에게는 마리당 연간 180유로의 세금이 부과된다. 세금은 동물보호소나 교육소 등을 운영하는 데 쓰인다.

등록한 개에게는 허가증(신분증)이 발급된다. 허가증을 달지 않고서는 밖에 나갈 수 없는데, 매년 색이 달라지기에 납세 여부를 바로 알 수 있다. 만약 세금을 내지 않으면 세금포탈죄에 해당한다. 개가 누구의 소유인지 명확하니 개에게 물리는 사고가 났을 때 "내 개가 아니다"라고 잡아떼기가 쉽지 않다.

베를린은 구체적인 법안과 규칙을 만들어 견주의 책임 있는 행동을 요구한다. 개의 배변을 치우지 않은 견주에게는 벌금을 부과한다. 모든 개는 공공장소에서 길이 1미터 이하의 목줄로 매야 하는데, 숲이나 공원에서는 2미터까지 허용한다. 야외에서는 대부분의 개가 목줄에 매여 있으니 과거의 내가 겪은 것처럼 개에게 쫓길 일은 없다. 또 일부 위험품종은 공공장소에서 입마개 착용이 의무다.

베를린은 '반려견자격시험Hundeführerschein'도 시행한다. 자격시험을 통과하면 개에게 목줄을 채우지 않아도 된다. '반려견 전용 공원'도 있는데, 이곳에서는 목줄이나 입마개 착용이 의무가 아니다. 베를린에는 미테Mitte, 템펠호프, 마우어공원, 프리드리히샤인, 그루네발트Grunewald 등에 있다. 물론 이곳에서도 일부 위험품종은 뛰어놀 수 없다.

독일은 위험품종 열아홉 종을 지정하고 1급과 2급으로 분류해 관리하는데, 이 중 아메리칸 핏불테리어, 아메리칸 스태퍼드셔 테리어, 스태퍼드셔 불테리어, 잉글리시 불테리어 등 위험성이 큰 네 종은 일반인의 소유 자체를 금하고 있다.

독일은 개가 사물이나 사람에게 손해를 입힐 경우 견주에게 엄격한 책임을 부과하기 때문에, 이런 일이 발생하지 않도록 굉장히 노력한다. 대부분의 견주는 '반려견책임보험Hundehaftpflichtversicherung'에 가입해 있다.

개를 키우는 이들과 그렇지 않은 이들이 모두 어우러질 수 있는 사회가 되기 위해 베를린의 반려견 관련 정책들을 도입해도 좋을 것 같다. 개를 무서워하는 내가 한국의 식당이나 카페에서 개와 함께 앉아도 아무렇지 않을 날이 오길 바란다.

여유와 혐오의
방정식

몇 년 사이 많은 게 바뀌었다. '부정청탁 및 금품 등 수수의 금지에 관한 법률(김영란법)'이 시행되며 불필요하게 선물을 주고받는 문화가 사라졌고, 주 52시간 근무제가 도입되며 야근이나 회식이 많이 없어졌다.

언론계도 변했다. 담당 출입처에서 사건이 터질까 전전긍긍하며 한시도 쉬지 못했던 과거와 달리 급히 취재해야 할 기삿거리가 생겨도 당번이 처리하는 문화가 정착되었다. 추가취재 때문에 일이 많아지면 일단 근무하고 대체휴일을 받는 시스템도 잘 운용되고 있다.

꽤 급격한 변화다. 불과 몇 년 전까지만 해도 그렇지 않았다. 수습 때 주 6일 근무했는데, 할 일도 많아 아침 일곱 시에 출근해

오후 여섯 시나 일곱 시에 퇴근하기 일쑤였다. 그렇게 6개월을 버텨야 했으니 제정신일 리 없었다. 몇몇 선배에게 "네 수습은 수습도 아니다"라는 말을 듣곤 했지만, 당장 내가 죽겠으니 아무 말도 들리지 않았다.

너무 힘들다 보니 일주일에 단 하루 쉴 수 있는 날이 무엇보다 소중했다. 대부분의 쉬는 날에는 그저 시체처럼 누워서 하루를 보냈다. 나갈 힘이 없었기 때문이다. 당시 나는 '몸이 지치고 힘들면 남을 배려할 마음도 사라지고 모든 일에 짜증이 난다'라는 말에 절실히 공감하고 있었다. 친구 중 누군가가 그날 놀자고 하면 화부터 났으니 말이다. 그저 오랜만에 보고 싶어서 나를 찾아준 친구에게조차 점점 공격적으로 변해가는 나 자신을 발견했다. 심지어 '아니, 일주일에 고작 하루 쉬는데 내가 이날까지 너를 만나야 해?'라거나 '하루 온전히 쉬고 싶은데 왜 모임에 나오래. 나한테 시간 맡겨뒀나?'라는 생각까지 들었다.

당시 나는 '힐링'에 집착하기도 했다. 한번은 마침 시간이 생겨 힐링할 생각으로 카페를 찾아 커피와 디저트를 먹기로 했다. 이때가 아니면 쉴 수 없고, 그만큼 자주 오는 기회가 아니기에 힘을 쥐어짜 간신히 몸을 일으켰다.

그렇게 경춘선숲길 근처에 있는 한 카페로 향했다. 인터넷을 뒤져보니 디저트도 맛있다고 하고, 넓은 창으로 바라볼 수 있는 바깥 풍경도 매력적인 듯했다. 그런데 이게 웬일인가. 인기가 많을 것 같다고는 생각했지만, 정말 모든 자리가 손님으로 가득 차 있을지는 몰랐다.

기왕 왔으니 조금 기다려보기로 하고 주변을 배회하다가 다시 그 카페를 찾았다. 마침 계산대 주변에 자리가 하나 남았다. 앉으려다가 '이 카페에서 제일 좋은 자리는 창가인걸' 하는 생각이 들었다. 힘들게 온 만큼 제대로 힐링하고 싶었기에 창가에 자리가 날 때까지 다시 주변을 어슬렁거렸다. 긴 기다림 끝에 드디어 원하는 자리에 앉을 수 있었다.

주문한 디저트와 커피는 생각만큼 예뻤다. 그런데 창밖 풍경을 바라보며 디저트를 한입 먹으려는 순간 '찰칵' 하는 소리가 연달아 들렸다. 옆자리에 앉은 이들이 디저트, 카페 풍경, 자신들 모습 등을 계속 찍고 있었던 것이다. 갑자기 짜증이 확 밀려왔다. '내가 어떻게 힐링할 시간을 얻었는데, 이걸 망쳐?' 하는 생각이 들었다. 내게는 이런 일만 생기는 것 같아 우울해지기까지 했다. 내내 화를 삭이느라 커피와 디저트도 잘 즐기지 못했다.

돌아오는 길에 문득 내가 무엇을 위해서 화냈는지 돌아보게 되었다. 스스로 좀 무섭기도 했다. 그들도 나름의 방식으로 주말을 즐기고 있었을 뿐인데, 왜 이렇게까지 분노가 치솟았나 싶었다. 나도 모르는 사이 분노사회의 구성원이 된 것 같아 속상했다.

이 경험으로 한국 사람들이 왜 화가 많은지 이해하게 되었다. OECD 회원국 중 한국은 가장 많이 일하는 나라다. 2017년 기준 연간 평균 2,024시간을 일해, 멕시코와 코스타리카의 뒤를 이었다. 일에 치이면 힐링에 절박해지고 매사에 울분이 차오른다. 이런 점에서 한국인이 화가 많은 건 필연적이다. 실제로 유명순 서울대학교 교수가 2019년 10월 발표한 조사결과에 따르면 한국인의 43.5퍼센트가 만성적으로 울분을 느끼고 있다.

'한국인은 지나치게 일해서 힐링에 절박하고 분노가 많다'라

슈프레강에서 즐기는 여유

낡은 바지선을 개조해 만든 수영장 바데시프에서
여가를 즐기는 베를린 사람들의 모습이다.

▌카페에서의 여유로운 한때

티어가르텐에 있는 카페 겸 맥줏집인 카페 암 노 이엔 제의 풍경이다. 샐러드, 피자, 맥주, 커피, 브 런치 등을 모두 먹을 수 있다. 날씨가 좋으면 실내 는 텅 비고 야외는 만석이 된다.

는 내 생각은 베를린에서 더욱 확고해졌다. 여유롭게 휴식을 취하는 이들의 모습이 우리와는 달라 보였기 때문이다. 더 반THE BARN, 로머스Roamers, 파더 카펜터Father Carpenter, 차이트 퓌어 브로트Zeit für Brot, 카페 암 노이엔 제Café am Neuen See 등 아무리 유명한 카페에서도 누구 하나 허둥지둥하는 모습을 볼 수 없었다. 언제나 여가를 즐길 수 있으니 행복한 순간을 굳이 사진으로 남겨 간직하려는 모습도 보기 힘들었다.

이런 모습은 티어가르텐공원에 누워 여유를 즐기는 사람이나, 슈트란트바트 반제에서 호수에 몸을 던지는 사람이나, 바데시프에서 열심히 물장구를 치는 사람이나 마찬가지였다. 그 누구도 풍경이 좋은 곳을 차지하려 노력하지 않았다. 그저 있으면 있는 대로, 없으면 없는 대로 각자의 방식을 따라 즐기고 있었다.

베를린 사람들이 유독 여유로운 데는 짧은 근로시간이 적지 않은 영향을 미친다고 생각한다. 앞서 말한 대로 한국은 OECD 회원국 중 세 번째로 많이 일하는 나라지만, 독일의 연간 평균 근로시간은 1,356시간으로 가장 적다. 독일 다음으로는 덴마크(1,408시간), 노르웨이(1,419시간), 네덜란드(1,433시간) 등 순이다.

우리는 마음먹어야 할 수 있는 힐링이 이들에게는 쉽고 자주 할 수 있는 일인 것이다. 마음에 드는 자리에 앉지 못하면 다른 날에 또 오면 될 뿐이다. 마음에 여유가 있기에 모든 일에 좀더 관대할 수 있다는 생각이 들었다.

슬픈 건 한국인의 '여유 없음'에서 비롯된 '부족한 관대함'이 비단 '힐링에 대한 집착'에만 국한되지 않는다는 점이다. 마음에 여유가 없으니 노약자 등에 대한 배려심도 솟아날 길이 없다.

서울의 간선버스나 지선버스 등에 계단이 없는 저상버스가 도입되어도 교통약자들의 이용률이 높아지지 않는 이유다. 저상버스는 거동이 불편한 장애인, 전동차, 유모차 등이 타고 내릴 수 있게 경사판을 내리고 차체를 기울이는 시간이 필요하다. 그러다 보니 '바쁜데 굳이 이 시간에 움직여야 해?', '저 사람들이 타고 내리느라 몇 분이나 늦어지겠네!' 등의 날 선 생각을 품은 사람들이 적지 않다.

최근 속속 등장하는 노키즈존도 마찬가지다. 겨우 시간을 내 식당이나 카페에 쉬러 온 사람들에게 떠들거나 우는 아이까지 배려할 마음의 여유는 없다. 오히려 '감히 네가 내 여가를 방해하냐'라는 눈빛으로 아이를 노려보기 일쑤다. 아이는 원래 잘 울고, 기계가 아니기에 아무리 달래도 쉽게 그치지 않는 존재라는 사실은 까맣게 잊힌다.

혹자는 한국 사회가 이렇게 된 이유로 '부족한 시민의식' 등을 꼽는다. 하지만 나는 단연코 너무 긴 근로시간이 문제라고 생각한다. 다행히 한국의 근로시간은 감소하는 추세다. 주 52시간 근무제의 도입이 그 시작이다.

한국의 근로시간이 선진국 정도로 조정된다면 사회 전반이 발전할 것이다. 사람들이 더욱 여유로워지고 배려심이 깊어질 것으로 굳게 믿는다. 늘어난 여가를 활용해 인문학과 접하고 창의성을 꽃피우는 사회가 될 것이다.

스티브 잡스Steve Jobs는 이렇게 물었다. "나머지 인생을 장시간 노동으로 채울 것인가. 아니면 세상을 바꿔놓을 혁신을 할 것인가."

외국인을
'외국인'으로 불러야 할까

"내가 무슨 '외국인foreigner'이야. 왜 자꾸 나랑 너랑 구분해서 말해?" 약 5년 전 호주에 있을 때, 홍콩계 캐나다인 친구와 함께 아시아 식료품점에서 사 온 불닭볶음면을 먹다가 생긴 일이다. 불닭볶음면의 매운맛에 친구가 진을 빼기에 내가 "우리 한국인들We Koreans에게도 매운 음식이니, 외국인들에게는 얼마나 맵겠어"라고 한 말에 의문을 제기한 것이다. 옆에 있던 싱가포르인 친구 역시 "그래, 조금 어색해. 뭐 이론상으로는 우리 다 서로의 외국인이기는 하지만"이라고 답한 걸 보니 내가 적절치 못한 말을 한 것 같긴 했다.

'foreign'의 뜻은 '외국의', '이질적인'이다. '나', '우리'와의 차이점을 강조하고 구분해 말할 때 사용한다. 자연히 'foreigner'의 뜻도 '외국인', 즉 '나'와는 이질적인 특징을 지닌 사람이다. 이 때문에 호주, 미국 등 영미권 국가들에서는 'foreign'보다 차이를 덜 강조하고 긍정적 의미가 강한 'international 국제적인'을 써왔다. 이 단어가 '정치적 올바름Political Correctness'에 더 부합한다고 여기는 것이다. 예컨대 호주에서는 외국인 학생을 가능한 한 'foreign student'라고 하지 않고, 'international student'라고 부른다. 비슷한 내용이《머니투데이》에도 소개된 바 있다.

한국에 머무는 외국인은 총 225만 명(법무부, 2018년 3월 기준)……
'다문화'는 이미 한국 사회에서 보편적인 용어가 되었다. 하지만 우리 나라를 다문화사회로 인지하는 것과 받아들이는 것에는 차이가 있었다. 여성가족부의 2015년 '국민 다문화수용성 조사'에 따르면 한국인의 다문화수용성 지수는 53.95점(100점 만점)에 그쳤다. 외국인을 이웃으로 삼고 싶지 않다는 응답도 31.8퍼센트나 됐다.

…… 대담 참가자 여덟 명은 자신을 '이방인'으로 보는 한국인들의 시선이 불편하다고 입을 모았다. 한국 사회는 내국인과 외국인의 경계가 뚜렷해 내국인에 소속되지 못하면 단절감을 느낀다는 것이다. 동시에 '외국인foreigner'이라는 단어 자체가 한국 사회에 소속될 수 없다는 부정적인 뜻과 차별적인 의미가 내포되어 있다는 것에도 대부분 동의했다.

아돌프(르완다, 4년 거주) 현재 한국의 대학에 재학 중이다. 4년 전 신입생 때 교수님이 수업 중 "외국인 학생 있나요?"라고 물었다. 'foreigner'란 단어는 그 자체로 분열division을 조장하는 뜻이 있다. 외국인 학생이라고 불리는 게 불쾌해서 학교 측에 이 단어를 사용하지 말자고 건의했다. 지금은 학교에서 '국제학생international student'이라고 부른다.

샌디(가명 · 영국, 10년 거주) 맞다. '외국인'이라는 말을 쓴다는 게 충격적이다. 영국에서도 'foreigner'를 쓰기는 하지만 좋은 뜻이 아니다. 한국 사람들이 자주 사용하는 '우리나라'란 말에도 외국인을 배제하는 느낌을 받았다.

김소희(가명 · 미국, 5년 거주) 한국은 사람들을 만나자마자 나이, 사는 곳 등을 물어보는 등 분류categorize하려는 문화가 강해서 그런 것 같다. '외국인'도 한국인들이 만든 범주 중 하나라고 생각한다.

이미 'foreign' 대신 'international'의 사용이 자리 잡은 국가에서는 한 발 더 나아간 주장도 나온다. 즉 엄밀히 따지면 'international'도 '국제적'이란 의미로 포장했을 뿐 결국 차이점을 강조하는 셈이기에, 애초에 이런 단어를 사용하지 않는 게 진정한 다문화주의라는 것이다.

2014년 11월 17일 미국 고등교육 전문지《인사이드 하이어 에드Inside Higher Ed》에 실린 〈미국인도 국제적이다〉라는 글에도 이러한 생각이 잘 드러나 있다. 글을 쓴 샤리 모트로Shari Motro 리치먼드대학교 교수는 "우리는 해외에서 온 학생들에게 국제적이라고 부르는 걸 그만두어야 한다We should stop calling students outside us international"라고 주장한다. 'international'의 의미가 'foreign'보다 낫더라도, 또 다른 '구분 짓기'에 불과하며, 미국도 외부에서 보기에는 '국제적'이므로 진정한 다문화사회로 나아가기 위해 이러한 구분 짓기 자체를 그만두자는 것이다.

나도 베를린에서 비슷한 생각을 한 일이 있었다. 친구들과 맥주를 마시다가 학비에 관한 이야기가 나왔을 때다. 훔볼트대학교에서 경제학 석사를 취득한 알래스카 출신 미국인 친구가 베를린의 대학들은 교육수준이 높은 편이라며 주변인들에게 추천할 만하다고 했다. 그러면서 "베를린에서 공부하기가 더 좋은 이유는 '학비가 외국인에게도 무료'라는 점"이라고 덧붙였다.

나는 그의 말에 "조만간 베를린도 외국인에게는 학비를 더 받지 않을까"라면서 "예전에는 프랑스나 북유럽 국가들도 학비가 무료라 유명했지만 이제는 다 받는다잖아"라고 대꾸했다. 실제로 그랬다. 그동안 유럽연합European Union, EU에 속하지 않는 나라에서 온 외국인 학생들에게도 사실상 무상교육 혜택을 제공했던 프랑스는 2019년 9월 새 학기부터 이를 철회하고 등록금을 최대 열다섯 배 인상했다. 스웨덴, 핀란드 등 북유럽 국가들도 이전에는 국적에 상관없이 등록금을 면제해주었지만, 이제 EU나 유럽경제지역European Economic Area 밖에서 온 외국인 학생들은 얼마간의 학비를 내야 한다.

이러한 변화의 이유는 에두아르 필리프Édouard Philippe 프랑스 총리의 말에서 잘 드러난다. 그는 "외국인 학생들은 경제적으로 여유가 있는데, 프랑스의 저소득층 학생들과 같은 금액을 낸다"라며 "프랑스 학생들의 부모는 세금도 내기 때문에 이 제도는 불공정하다"라고 설명했다.

미국인 친구는 유럽 국가들이 외국인 학생의 학비를 인상하는 추세를 알고 있다면서도 "베를린은 바뀌지 않을 것 같아"라고 자신했다. 자신이 살아본 결과 베를린은 '초'다문화 도시로서, 차별에 매우 민감하다는 것이다. 즉 EU 밖에서 온 학생들에게 등록금

베를린 지성의 요람

베를린에는 두 명문대학이 있다. 훔볼트대학교와 사진의 베를린자유대학교(Freie Universität Berlin) 다. 1810년 창립된 훔볼트대학교는 베를린의 대학 중에서 가장 역사가 오래된 곳이다. 나치즘 교육의 장이 되기도 했던 훔볼트대학교는 제2차 세계대전 중 폐교되었다가 1946년 다시 문을 열었다. 하지만 당시는 이미 베를린이 서와 동으로 나뉘었을 때였고, 훔볼트대학교는 동독에 속하게 되었다. 이에 공산주의에 반대하는 서독이 '서베를린에도 유명 대학이 필요하다'라는 이유로 1948년 베를린자유대학교를 세웠다.

을 부과하려면 EU 안과 밖을 먼저 구분해야 하는데, 자신이 보기에 대부분의 베를린 사람은 이러한 구분 짓기 자체를 불편해한다고 했다.

그는 또 "독일인들은 과거 나치가 집권한 기억 때문에 '나'와 '너'를 구별하거나 '우리' 집단과 '타자' 집단을 구분하는 데 불편함을 느끼는 것 같아"라고도 설명했다. 그러면서 "독일의 일부 보수적인 주가 외국인 학생들에게 등록금을 추가로 부과하는 일은 생길 수 있지만, 절대 모든 주가 그리하지는 않을 것"이라고 강조했다.

이는 나름대로 일리 있는 예상이다. 독일이 난민을 수용한 일도 비슷한 맥락에서 결정한 것이기 때문이다. 독일은 2015년 가을 내전을 겪는 시리아 등에서 탈출한 난민들이 몰려들자 국경을 개방해 100만 명을 받아들였다. 이후 극우세력을 중심으로 비판이 쏟아졌고, 2019년에는 시위도 연달아 열렸다. 그러자 메르켈 총리는 "독일은 나치 시대의 과거사 때문에 다른 국가보다 민족주의자들의 움직임을 더욱 경계해야 한다"라면서 "100만 명의 난민을 수용한 일은 인도주의적으로 올바른 판단이었다"라고 강조했다.

물론 인지적 측면에서 나와 너, 우리 집단과 타자 집단을 구분해 인식하는 건 여간 편리한 게 아니다. 나도 많은 경우 이러한 방법으로 상황을 파악한다. 다만 '외국인'이라는 단어의 사용이 누군가에게는 공격적이고 배타적일 수 있다는 점을 기억해야 하지 않을까.

카메라는 주머니에
넣어두는 매너

소소하게 SNS를 즐겨 하는 편이다. 얼마 전까지는 스냅챗을, 최근에는 인스타그램을 사용한다. 그런데 SNS를 볼 때마다 불편한 게 있다. 다른 사람들의 얼굴이 버젓이 노출된 '감성사진'들이다. 대개 '분위기가 좋다'라거나 '보기 좋다'라는 이유로 사진에 나올 이들에게 허락을 구하지 않고 촬영한 다음 SNS에 게시한 것인데, '도촬(도둑촬영)'에 가까운 일이 별 문제의식 없이 마구 행해지고 있는 듯해 볼 때마다 불편하다.

특히 백인들이 주로 피해자가 되는 현실이 날 더 불편하게 한다. 이들은 모델 같은 독특한 분위기 때문에 도촬대상이 되는데, 여기에는 백인우월주의와 사대주의가 깃들어 있다고 본다. 외국인이라 직접 항의할 소지가 적어서 더욱 그러는 것 같기도 하다.

이러한 불편함이 최고치에 달했던 2018년 8월, 인스타그램에 해시태그 '#낭만적인도시', '#여행에미치다', '#유럽감성' 등을 검색해보니 여행지에서 찍은 유럽인, 미국인, 호주인들의 사진 수천 장이 게시되어 있었다. 대개 현지인들이 길을 걷거나 카페에서 여유를 즐기는 일상적인 모습 등을 몰래 촬영한 것들이었다.

프랑스로 여행을 다녀온 이에게 대체 왜 이런 사진을 찍었느냐고 물어보니 "풍경만을 담은 사진보다 사람을 함께 담은 사진이 더 예쁘고, 또 현지인들만의 느낌을 포착하고 싶었다"라는 답이 돌아왔다. 그의 카카오톡 프로필은 프랑스 아이들이 모여 웃고 있는 사진이었다.

해시태그 '#노부부'를 검색해도 비슷한 경향을 확인할 수 있다. 파리에서 어느 노부부를 몰래 찍어 올린 사람은 "완벽하게 낭만적인 노부부다. 그 느낌 그대로를 기억하고 싶은 마음에 얼른 뒷모습을 몰래 담았다"라는 글을 함께 게시했다. 또 다른 이는 파리의 샤를드골 국제공항에서 몰래 촬영한 어느 노부부의 사진을 올리며 "앞 좌석의 노부부, 너무 예뻐 보여서 나도 모르게 도촬"이라고 덧붙였다.

여성의 신체를 몰래 찍는 것뿐 아니라 이러한 도촬도 법적으로 매우 문제 되는 행위다. 김세라 경인법무법인 변호사는 "초상권 침해는 헌법에 명시된 인격권 침해에 해당한다"라면서 "누가 봐도 본인인지 알 수 있는 사진인데, 동의를 얻지 않거나 동의범위를 넘어서 SNS에 게시하는 등 초상권을 침해한다면 가해자에게 민사상 손해배상금을 청구할 수 있다"라고 설명했다.

도촬은 법적 문제를 떠나 도덕적으로도 옳지 않다. 누군가가 모르는 사이에 나를 촬영해 그의 SNS에 올리고, 이를 불특정 다수가 감상하고 평가한다면 기분 좋을 사람이 몇이나 있을까.

한번은 비슷한 일을 눈앞에서 '목격'한 일이 있다. 미테의 유명한 카페 '더 반'에 앉아 커피를 즐기고 있을 때였다. 그런데 한국인 관광객들이 들어와 주문한 뒤 풍경을 마구 찍어댔다. 커피, 메뉴, 일하는 이들까지 함께 말이다.

이 광경에 마음이 불편해졌다. 내가 촬영당하는 처지라면 너무 싫을 것 같았기 때문이다. 다행히 더 반의 사람들은 이런 상황에 익숙한지 애써 카메라를 바라보지 않고 화도 내지 않았지만, 나는 같은 한국인으로서 대신 미안함을 느껴야만 했다.

아일랜드에서 바를 운영하는 친구와 함께 노이쾰른에 있는 바를 찾았을 때도 같은 문제를 생각해볼 기회가 있었다. 친구는 바의 분위기가 독특하다며 구석구석을 촬영했다. 그런데 바텐더가 갑자기 화를 냈다. 신경질적으로 "사진 찍지 마"라고 외친 바텐더는 "사진 찍지 말아달라"고 다시 한번 강조했다.

머쓱해진 친구가 나를 보고 웃었다. 평소 사진을 많이 찍는 편이 아니고, 본인도 바를 운영하는 사람으로서 이러한 상황은 전혀 예상치 못했다면서 말이다. 친구는 "확실히 베를린 사람들은 사진을 별로 찍는 것 같지 않아"라면서도 예의 없었던 게 맞다고 인정했다.

SNS가 활성화되면서 이곳저곳을 사진으로 기록해 올리는 이들이 덩달아 많아졌다. 하지만 그 과정이 누군가를 불편하게 하지는 않을지 한 번쯤 생각해볼 만하다. 만약 도촬로 베를린 사람들을 소비하려 하면 내 친구처럼 혼날 수도 있으니 말이다.

3 — 세계인의 마음을 쏙 빼앗은

가난하지만 섹시한
역사와 예술의 도시

베를린을 설명할 때 빠지지 않는 말이 있다. "베를린은 가난하지만, 섹시하다Berlin ist arm, aber sexy"라는 말이다. 이는 보베라이트 전 베를린 시장이 2003년 한 말로 이후 전 세계로 퍼져나가 베를린을 가장 잘 설명하는 문구로 거듭났다.

베를린은 파리나 런던 등과 비교해 현저히 못살고, 독일 내 다른 도시들보다도 가난하다. 보통 다른 나라는 수도에 경제력이 집중되어 있지만, 베를린은 다른 주에 크게 의존할 정도로 가난하다.

독일은 주정부 자치를 중심으로 한 연방국가 체제로, 각 주의 재정불평등을 해소하기 위해 재정균등화 정책을 펼치고 있다. 세수가 많아 부채를 상쇄하고 예산이 남은 도시는 부채뿐인 도시를 지원하는 방식이다.

퀼른경제연구원Cologne Institute for Economic Research에 따르면 베를린을 제외할 때 독일의 1인당 국내총생산Gross Domestic Product, GDP은 0.2퍼센트 증가한다. 영국에서 런던을 제외하면 11.1퍼센트 감소하고, 프랑스에서 파리를 제외하면 14.8퍼센트 감소하는 것과 비교하면 매우 독특한 상황이다. 베를린은 2015년 한 해에만 다른 주들에서 약 36억 유로를 받았다. 바바리아Bavaria가 다른 주들에 54억 유로를 제공한 것과 대조적이다.

베를린에는 가난한 사람들이 많고, 기반시설이 다른 주보다 열악해 들어갈 돈도 많다. 베를린이 진 부채는 감소추세지만 여전히 막대하다. 2014년 598억 유로, 2015년 592억 유로다. 이게 얼마나 큰 규모인가 하면, 증가추세라 우려되고 있는 함부르크의 부채가 2014년 260억 유로, 2015년 267억 유로였다.

2015년 베를린은 근로가능인구의 10.7퍼센트가 실직상태에 빠져, 독일의 모든 주 가운데 두 번째로 높은 실직률을 기록했다. 같은 해 함부르크의 실직률은 7.4퍼센트, 바바리아의 실직률은 3.6퍼센트였다. 독일 평균은 6.4퍼센트였다.

1인당 가처분소득을 보아도 베를린이 가난함을 알 수 있다. 가처분소득이란 개인소득 중 소비와 저축을 자유롭게 할 수 있는 소득을 말하는데, 2014년 기준 바바리아 2만 3,080유로, 함부르크 2만 3,596유로, 베를린 1만 8,594유로였다.

자연히 물가가 매우 싸다. 통계 사이트 넘베오NUMBEO에 따르면 2019년 기준 베를린은 뮌헨보다 소비자물가Consumer Prices는 8.45퍼센트, 외식물가Restaurant Prices는 25.09퍼센트, 장바구니물가Groceries Prices는

4.8퍼센트, 구매력Local Purchasing Power은 3.68퍼센트 낮다. 그래서 베를린 사람들은 해외에 나가 돈 쓰기를 무서워한다. 내가 만난 한 아주머니는 "얼마 전 휴가로 프랑스 칸Cannes을 다녀왔는데, 와인 한 잔에 8유로가 넘었다"라면서 "말도 안 된다"라고 경악했다.

파스타 한 접시에 2만 원 가까이 내야 하는 서울의 물가에 익숙해진 내게 베를린의 물가는 거의 기적처럼 느껴졌다. 한번은 포크립pork rib이 먹고 싶어서 하케셔마르크트역Hackescher Markt 주변 식당에 들어갔다. 한국의 웬만한 식당에서 파는 것보다 훨씬 큰 포크립을 고구마튀김까지 곁들여 먹었는데도 팁 포함 12유로에 불과했다.

그렇다면 가난한 베를린은 정말 섹시할까. 독일 작가 페터 슈나이더Peter Schneider는 책《베를린의 지금, 장벽 붕괴와 부흥Berlin Now The Rise of the City and the Fall of the Wall》에서 사람들을 끌어당기는 베를린의 매력으로 섹시함을 꼽았다. 그에 따르면 베를린은 아름답거나 예쁘지는 않지만 계속 보고 싶은 매력이 있는 도시다.

슈나이더는 책에서 "베를린은 아름다운 도시가 아니다"라면서 "로마의 아름다운 돔이나, 아연으로 만들어져 아름다움을 자아내는 파리의 푸른 지붕이 없다. 뉴욕처럼 빌딩이 만들어낸 인공협곡도 없다"라고 묘사했다. 동시에 "그렇지만 전 세계 국가의 수많은 관광객이 베를린으로 밀려들어 오고, 내가 베를린 사람이라고 하면 부러운 눈빛을 보내는 걸 느낄 수 있다"라고 덧붙였다. 이어서 "'아름다움'이 핵심이 아니라면, 베를린이 이토록 인기 있고, 선망받는 건 어째서일까"라고 반문하며, 베를린만의 독특한 역사를 그 섹시함의 이유로 꼽았다.

베를린은 매우 독특한 역사와 극적인 변화를 겪은 도시다. 단순히 국가가 분단된 수준이 아니라 한 도시가 반으로 갈라졌다. 바로 이 경험이 '섹시 베를린'의 독특한 매력을 만드는 데 이바지했다.

독일은 제2차 세계대전 중 연합군의 공습을 받아 쾰른, 뮌헨, 드레스덴 등 많은 도시가 완전히 파괴되었다. 베를린도 폐허로 변했다. 카이저 빌헬름 기념교회, 브란덴부르크문, 전승기념탑 등 베를린의 오래된 건축물 곳곳에서 총탄과 포탄의 흔적을 어렵지 않게 찾아볼 수 있는 이유다.

전쟁을 겪으며 산업의 중심지이자 유럽에서 가장 인구가 많던 도시인 베를린의 화려한 모습은 역사의 뒤안길로 사라졌다. 1939년 베를린에는 430만 명이 거주했지만, 1945년까지 치러진 전쟁으로 인구의 35퍼센트를 잃었다. 1990년대 이후 인구가 늘면서 이제 370만 명이 거주할 정도로 많이 회복했지만, 전쟁 전만큼은 못 되고 도시규모에 비해 여전히 적은 편이다.

패전한 독일은 이후 국토가 분할되었는데, 각 도시는 서독 또는 동독 정부의 전폭적인 지원으로 점차 복구되었다. 특히 경제활동이 상대적으로 더 활발한 서독을 중심으로 복구가 잘 이뤄져 '라인강의 기적'의 중심지인 루르Ruhrgebiet와 뮌헨, 프랑크푸르트, 본 등이 크게 발전했다..

하지만 서베를린은 저발전 국면을 벗어나지 못했다. 베를린의 특수한 상황 때문이었다. 서베를린은 서독의 수도였지만, 동독 영토에 둘러싸인 사실상의 섬에 불과했다. 자연히 경제활동을 하기에 쉽지 않은 측면이 있었다. 결국 큰 기업은 본사를 뮌헨, 프

전쟁이 남긴 상흔 ▌

카이저 빌헬름 기념교회다. 독일의 첫 번째 황제
인 빌헬름 1세를 기념하기 위해 1891년부터 4년여
에 걸쳐 지어졌다. 제2차 세계대전의 흔적이 가득
한데, 전쟁의 참혹함을 기억하자는 뜻에서 보수하
지 않았다.

랑크푸르트, 슈투트가르트에 두게 되었다. 과거 베를린에 본사가 있었던 알리안츠Allianz, 지멘스Siemens 등도 뮌헨으로 떠났다.

이런 독특한 역사 때문에 베를린은 산업이나 금융이 발달하지 않은, 수도이지만 중심지로서의 역할을 하지 못하는 곳으로 남았다. 1989년 11월 9일 급작스럽게 장벽이 무너지고 통일된 후에는 도시의 절반이 텅 비어버려 폐허처럼 변했다. 동베를린 사람들이 서베를린으로 대거 이주하면서, 동베를린은 빈 건물이 가득한 버려진 땅이 된 것이다.

대신 이 자리를 메운 건 가난한 예술가들이었다. 그들은 무단 거주 운동인 '스쾃팅Squatting'을 바탕으로 대거 베를린에 자리 잡았다. 이는 베를린의 독특한 풍경을 형성하는 양분이 되었는데, 가장 대표적 사례가 장벽 바로 옆, 국회의사당에서 그리 멀지 않은 동베를린 중심가의 '타헬레스Tacheles'였다.

타헬레스는 원래 동베를린의 백화점으로, 통일 이후 방치되어 있던 건물 중 하나였다. 1990년 2월 일단의 예술가 건물 앞에서 "우리는 돈이 없지만 작업실이 필요하다"라고 외치며 소방차 등을 동원해 퍼포먼스를 벌인 다음 점령해버렸다. '타헬레스'는 그들이 붙인 이름으로 '자신의 의견을 명확히 말하다'라는 뜻의 유대어다.

예술가들은 1층에 카페와 화랑, 2층에 공연장 등을 만들며 공간을 새롭게 꾸며나갔다. 50명이 넘는 예술가가 대안가족으로서 공동생활을 하며 예술활동을 펼쳤다. 그들은 그림을 그리고 장신구와 의류 등을 만들며 타헬레스를 개성 있는 공간으로 탈바꿈시켰다.

타헬레스의 예술가들은 제도권에 편입된 1999년부터 월 10만 원 정도의 세금만 내며 생활했다. 물론 그러면서 이들의 야성은 조금씩 바랬고, 결국 2012년 9월 4일 건물이 매각되며 타헬레스의 역사도 끝났다. 확실한 건 예술가들의 활동이 '가난한 베를린'을 '섹시하게' 만드는 데 이바지했다는 것이다.

이처럼 동베를린의 버려진 건물들이 다양한 방식으로 재활용되면서 도시는 독특한 감성이 흐르는 매력적인 공간으로 변모했다. 다만 이 과정을 주도한 예술가들은 베를린이 발전하면서 중심부부터 조금씩 땅값과 임대료가 높아졌기 때문에 주변부로 이동했다. 이들은 크로이츠베르크, 노이쾰른 등 값이 싼 외곽에 자리 잡으며 도시에 생동감을 불어넣었다. 두 지역은 현재 베를린에서 가장 '힙'한 지역으로 꼽힌다.

가난하지만 섹시한 베를린은 유럽의 중심이라는 지리적 이점, 독일의 수도라는 이점, 물가가 싸다는 이점 등에 기반해 전 세계의 예술가들이 모이는 둥지가 되었다. 베를린에 살고 있는 예술가들은 2만 명에 달한다.

관광객이 모이고 점차 수도로서의 기능을 해가며 베를린의 경제도 발전 중이다. 2007년부터 2016년까지 매해 평균 3.4퍼센트 성장했다. 반면 같은 기간 독일 경제의 성장률은 2.6퍼센트에 그쳤다.

예전보다 좀 덜 가난해졌지만, 섹시함은 여전하다. '보헤미안의 수도'라 불리는 베를린은 여전히 가난하고 섹시하다.

복고의 도시,
복구의 도시

레코드판으로 음악을 듣는 행위는 하드드라이브의 음악을 꺼내 듣는
것보다 더 큰 참여감을 주고, 궁극적으로 더 큰 만족감을 준다. 레코
드판이 꽂힌 서가에서 앨범을 골라 디자인을 꼼꼼히 들여다보다가 턴
테이블의 바늘을 정성스레 내려놓는 행위 그리고 레코드판의 표면을
긁는 듯한 음악소리가 스피커로 흘러나오기 직전 1초 동안의 침묵.
이 모든 과정에서 우리는 손과 발과 눈과 귀, 심지어 (레코드 표면에 쌓
인 먼지를 불어내기 위해) 가끔은 입도 사용해야 한다. 우리가 가진 물리
적인 감각을 더 많이 동원하게 되는 것이다. 레코드판이 주는 경험에
는 계량화할 수 없는 풍성함이 있다. 효율성이 떨어진다는 바로 그 이
유 때문에 더 재미있는 경험이다.

문화비평가 데이비드 색스David Sax가 쓴 《아날로그의 반격The Revenge of Analog》의 한 부분이다. 그는 아날로그가 디지털세상에 반격을 가하고, 점차 더 많은 사람이 아날로그세상으로 돌아가기를 바란다고 설명한다. 아날로그의 반격은 역설적이게도 고도로 발전한 디지털기술로 모든 게 빨라지고 좋아진 세상에 대한 반항심 때문에 시작되었다. '빠른 변화'와 '새것'에 사람들은 완전히 질려버렸다.

한때 스마트폰이나 태블릿, 페이스북이나 인스타그램 등은 '힙'하고 '쿨cool'한 것들이었다. 하지만 모든 게 빨라지고 좋아진 디지털세상에서 이것들은 이제 힙하거나 쿨하지 않다. 유행을 선도하고 싶은 젊은이들은 SNS에 기성세대가 등장한 순간 옛것들에 눈길을 돌렸다. 예컨대 레코드판의 부활이 그러하다. 레코드판은 과거 그것을 소비하던 기성세대가 아닌 10대 후반에서 20대 초반의 젊은이들에게 큰 인기를 끌며 부활에 성공했다.

아날로그는 디지털세상의 메마른 감성도 적셔주었다. 모든 것을 0과 1의 조합으로 표현하는 디지털은 정확하지만 차가워 인간의 섬세한 감정을 그대로 전달하는 데 한계가 있다. 반면 아날로그는 '단절된' 이진법이 아닌 '연속적' 개념으로, 따뜻하고 감정적이며 주관적이다. 따라서 인간의 깊고 섬세한 감정을 느끼고 전달할 수 있다.

작가 스티븐 킹Stephen King이 "모든 오래된 것은 머지않아 새로운 것으로 탄생할 것"이라고 말했듯이, 오늘날 유행은 조금 오래된 것, 그래서 인간적 감성이 느껴지는 것으로 옮겨가고 있다. 전 세계적으로 '복고열풍'이 부는 이유다.

이러한 흐름에 따라 폐허가 된 땅이나 버려진 건물 등이 최근

들어 가장 인기 있는 공간으로 각광받고 있다. 최신 유행을 이끄는 '힙스터hipster'들은 새로 지어진 건물 대신, 버려진 공업사를 재활용해 만든 카페, 문 닫은 공장을 개조해 만든 미술관, 아무도 찾지 않아 방치된 수영장을 개축해 만든 클럽 등을 즐겨 찾는다. 이런 유행은 과거에 번영했지만 지금은 폐허가 된, 나름의 이야기가 있는 도시들에 호재로 작용했다. 대표적인 게 미국 디트로이트와 독일 베를린이다.

디트로이트는 포드, 크라이슬러, 제네럴 모터스 등 3사가 한때 미국 자동차산업의 부흥을 이끈 도시였다. 하지만 그 인구가 1950년 185만 명으로 정점을 찍은 이후 꾸준히 줄어들어 결국 '유령도시', '파산도시'가 되었다. 2013년에는 70만 명으로까지 줄어들었고, 같은 해 《포브스》는 디트로이트를 '미국에서 가장 비참한 도시 1위'로 꼽았다. 미국 역사상 최초로 파산을 신청한 지방자치단체가 되기도 했다.

수십 년간 침체해 있던 '모터 시티Motor City' 디트로이트가 유행을 선도하는 도시로 변모한 건 이곳에 내재한 인간적 감성의 잠재력을 끌어내면서다. 2010년대부터 다운타운Downtown과 미드타운Midtown을 재건하려는 노력이 시작되었다. 이때 '업사이클링up-cycling'을 활용했다. 업사이클링은 재활용recycle에서 좀더 발전한 개념으로, 흠이 있는 건물이나 아무도 쓰지 않는 공간을 철거하는 대신 때 빼고 광낸 후 지역의 고유한 문화와 서비스를 담아 관광객을 끌어들이는 방식이다.

그 시작을 알린 게 바로 수십 년간 빈 건물로 방치되어 있던 소방서를 개조한 디트로이트 파운데이션 호텔Detroit Foundation Hotel이다. 이

호텔은 세계 각지의 힙스터들을 디트로이트로 끌어들였다. 2018 년 초에도 30여 년간 버려져 있던 월리처 빌딩Wurlitzer Building에 사이 렌 호텔The Siren Hotel이 들어섰다. 이 호텔은 기존 건물의 르네상스양 식에 파스텔 느낌의 색과 복고풍 디자인을 가미해 지역의 명소로 떠올랐다.

자동차 판매점을 개조한 디트로이트 현대미술관Museum of Contemporary Art Detroit은 미술 전시를 비롯해 영화 상영, 패션쇼 개최 등으로 지역 의 문화 중심지가 되었다. 방치된 폐허를 사무 및 엔터테인먼트 지구로 개조한 패커드 플랜트Packard Plant도 관광명소로 자리 잡았다.

제2차 세계대전의 상흔이 미처 아물기도 전에 서쪽과 동쪽으 로 갈라진 도시, 갑자기 장벽이 무너지며 빈 건물이 대거 발생한 도시 베를린도 인간적 감성과 복고열풍의 수혜를 입었다. 베를린 의 옛것은 업사이클링으로 새로 태어나 세계 각국의 관광객들을 끌어모으고 있다. 대표적인 장소들을 소개한다.

/ 금고와 수영장의 대변신 /

슈프레강 근처, 동베를린 중심부에 있는 클럽 '트레조어'는 나름 의 역사가 있는 곳이다. 이곳은 독일이 통일된 직후인 1991년 3 월에 문을 열었다. 당시만 해도 그저 저렴한 공간을 활용한 것처 럼 보였지만, 지금 보면 업사이클링을 제대로 적용했음을 알 수 있다.

설립자 디미트리 헤게만Dimitri Hegemann은 동베를린과 서베를린 주변의 버려진 건물 중에 클럽을 만들 곳이 없을지 물색했다. 이때 포츠담광장에 폐허가 된 채 버려진 베르트하임백화점 지하에 있는 거대한 규모의 금고가 눈에 띄었다.

백화점은 본래 유대인 소유였으나 나치가 빼앗았고, 이후 제2차 세계대전을 거치며 파괴되었다. 다만 금고는 지하에 있은 덕에 그대로 남았다. 헤게만은 이곳을 클럽으로 만들기로 결심했다. 다만 클럽은 승인받기가 어려워 미술관으로 개장했다. 이후 트레조어는 많은 사랑을 받으며 금세 베를린을 대표하는 클럽이자 음반회사로 성장했다.

그러면서도 늘 당국의 경고에 시달렸으니 설립 시 미술관으로 승인받았기 때문이다. 결국 트레조어는 2005년 폐쇄되었다. 그전에는 평일에도 매일 문을 열 정도로 북적였는데, 마지막 개장일이던 토요일에는 사람들이 끝없이 늘어서 월요일까지 문을 닫지 못했을 정도다.

2007년 트레조어는 동베를린 중심부 지하의 중앙난방 발전소에 다시 문을 열었다. 감옥형태의 댄스플로어가 주 무대다. 클럽은 미로 같은 복잡한 통로를 따라 구성되어 있다. 지하에 지어진 발전소답게 장소는 딱히 잘 마감되어 있지 않고 어두컴컴하다. 하지만 이 점이 트레조어만의 독특한 느낌을 자아낸다. 오래된 클럽이 아직 성업하는 이유다.

베를린 서쪽 끝의 최근 뜨는 지역인 베딩^{Wedding}에 있던 클럽 '슈타트바트 베딩^{STATTBAD WEDDING}'도 업사이클링을 적용한 공간이었다. 2016년 말 문을 닫았지만, 영업하는 동안 색다른 매력을 자랑하며 클러버들의 이목을 끌었다.

원래 이곳은 수영장이었다. 이름에서부터 이런 정체성이 잘 드러나는데, '슈타트바트'는 '도시'를 의미하는 '슈타트'와 '욕조'를 의미하는 '바트'를 합친 단어다. 수영장과 보일러실을 무대로 사용했고, 미디어아트 전시회, 음악회, 영화 상영회 등도 개최했다.

클럽을 찾은 이들은 액자로 사용한 타일이 과거에는 수영장 바닥을 꾸미는 데 사용되었을지 상상하거나, 기성세대가 썼을 듯한 보일러 앞에서 멋진 포즈를 취하는 등 색다른 재미를 만끽하고는 했다. 이것이 일반 클럽에서는 찾을 수 없는, '업사이클링 클럽'만의 매력이다.

/ 종착역에서 다시 출발하다 /

베를린중앙역에서 약 400미터 떨어진 '함부르거 반호프 현대미술관Hamburger Bahnhof-Museum für Gegenwar'은 베를린 현대미술의 중축이다.

'함부르거역Hamburger Bahnhof'이라는 이름에서 알 수 있듯이 이곳은 본래 베를린과 함부르크를 잇는 철도의 종착역이었다. 1846년 지어져 독일에서 가장 오래된 기차역이었는데, 1884년 베를린중앙역이 생기며 기능을 잃었다. 이후 박물관으로 쓰이다가 제2차 세계대전 중에 파괴되어 문을 닫았다. 1987년 건물 일부를 복원한 베를린시에 사업가 에릭 마르크스Erich Marx가 미술관으로 단장하자고 제안하며 그동안 자신이 모은 작품들을 영구히 기증했다. 파리에 오르세미술관이 있다면, 베를린에는 함부르거 반호프 현대미술관이 있는 셈이다. 미술관은 1996년 완전히 복원되었다.

▌현대미술관이 된 기차역

함부르거 반호프 현대미술관이다. 베를린 현대미
술의 중축이 되는 곳으로, 원래 베를린과 함부르
크를 잇는 철도의 종착역이었다.

이곳에서는 앤디 워홀Andy Warhol, 요제프 보이스Joseph Beuys, 안젤름 키퍼Anselm Kiefer 등 굵직한 현대미술 작가들의 작품을 볼 수 있다. 또한 지하에 공간을 마련해 역명이 쓰인 명패 등 과거 기차역으로 쓰였을 때의 흔적들을 전시하고 그 역사를 설명하고 있다. 미술관의 과거를 떠올리며 작품을 감상할 수 있다는 것이 이곳의 매력이다.

/ 경험하고 참여하라 /

크로이츠베르크 한편에 조용히 자리 잡고 있는 '쾨니히갤러리König Galerie'는 2002년 문을 열었다. 베를린을 기점으로 세계의 주요 아트페어에서 활약하는 갤러리다. 이곳은 젊은 감각의 현대미술 작가들을 주로 소개하고, 조각, 비디오, 음성, 페인팅, 판화, 사진, 공연 등 다양한 형식의 미술을 제한 없이 선보인다. 최신 경향을 읽을 수 있어 전 세계적으로 주목받고 있다.

쾨니히갤러리가 더욱 독특하게 느껴지는 건 건물이 주는 느낌 때문이다. 페인트를 칠하는 등의 마감을 하지 않고 거친 질감의 콘크리트 구조물을 그대로 노출했으며, 장식요소가 거의 없고 직선 위주로 지었다. 최신 경향에 부합하는 건축양식이다. 그렇지만 최근 지은 건물은 아니다. 1960년대 세워진 성녀 아그네스 성당St. Agnes Church을 업사이클링으로 다시 꾸민 것이다.

무려 60년 전 지어진 건물이 최신 경향을 따르는 건 유행이 돌아왔기 때문이다. 성녀 아그네스 성당은 1960년부터 6년간 지어졌는데, 1950~60년대 가장 인기 있던 건축양식인 브루탈리즘Brutalism을 차용했다. 브루탈리즘은 콘크리트, 철근 등 사용한 재료를 그대로 드러내고 기하학적 형태를 과감히 실현하는 특징이 있다.

'관람객의 경험과 참여를 중시한다'라는 표어를 지닌 쾨니히갤러리는 한 번쯤 들러볼 만하다. 압도적인 크기의 작품을 다양한 각도에서 바라볼 수 있고, 어떤 작품은 작가의 안내문에 따라 참여할 수도 있다. 평소 미술을 수동적으로 대하던 이들조차 적극적으로 상호작용할 수 있는 곳이다.

퇴사준비생이 반한
베를린의 기업들

최근 재미있게 읽은 책이 있다. 2017년 출간된《퇴사준비생의 도쿄》라는 책이다. 이 책은 여행에서 발견한 비즈니스적 통찰을 제시한다. 저자는 누구나 퇴사와 새로운 도전을 꿈꾸는 시대에, 미래를 고민하고 실력을 키우는 이들에게 도움 될 만한 통찰을 제시하고자 이 책을 썼다고 설명한다. 책은 도쿄 내 기업이나 상점 스물다섯 곳에서 얻은 통찰을 소개한다.

이 책을 읽고 난 뒤 나도 흔하디흔한 직장인 중 한 명으로서 퇴사를 꿈꾸며, 베를린에서 어떠한 통찰을 얻을 수 있을지 고심해봤다. 나를 자극한 베를린의 기업들을 소개해본다.

/ 환상의 나라로 떠나는 모험 /

파버카스텔Faber-Castell, 스테들러Staedtler, 라미LAMY, 몽블랑Montblanc, 로트링Rotring 등 독일에는 굵직한 문구회사가 많다. 독일과 전 세계의 뛰어난 문구들을 모두 들여놓은 매장도 있으니 바로 '모듈러Modulor'다. 물론 우리가 일반적으로 생각하는 문구점보다 훨씬 규모가 크다. 문구는 물론이고 그림이나 공예, 인테리어 등에 관심을 품은 사람들은 이곳을 제집처럼 드나든다. 위치도 좋다. 크로이츠베르크 근처의 모리츠플라츠역Moritzplatz 바로 앞에 있다.

모듈러에는 페인팅, 스케치, 연필, 물감, 종이, 카드보드, 아크릴유리, 주석호일, 목재, 코르크상자, 병, 캔 등 3만 8,000여 개의 제품이 3,000제곱미터에 달하는 2층짜리 공간을 꽉 채우고 있다. 25년 역사의 모듈러는 제품을 엄선해 들여놓고 잘 진열해둔다는 자부심이 대단하다.

모듈러가 단순히 제품을 많이 갖추고 위치가 좋아서 뜬 건 아니다. 환상을 자극했기 때문이다. 일단 석재가 그대로 드러나는 큰 건물 자체가 방문객을 압도한다. 어찌나 큰지 아주 멀리서 보아야 외벽에 붙은 글씨 "planet modulor"가 보일 정도다.

문을 열고 들어가면 오른쪽에는 서점이 있고, 왼쪽으로 돌아야 드디어 모듈러로 입장할 수 있다. 이 구간의 천장이 매우 높은데, 현실과 분리된 환상적인 '문구세상'에 도착한 기분이 든다. 마치 차원을 이동한 듯하다.

벽이 매우 두꺼워 모듈러 안에서는 휴대전화도 먹통이 되기 일쑤다. 외부와 단절된 상태에서 독특한 분위기에 흠뻑 취해 문구

문구들의 천국

모듈러는 전 세계의 뛰어난 문구들을 들여놓았
다. 3만 8,000여 개의 제품과 멋지게 디자인한
3,000제곱미터 크기의 공간은 그 자체로 방문객
의 환상을 자극한다.

를 고를 수 있다. 대부분의 물건을 인터넷으로 저렴하게 구매할 수 있는 시대지만, '환상' 속을 거니는 느낌을 주는 건 그 자체로 의미가 있다.

모듈러 홈페이지에 실린 방문후기에도 "꿈꾸며 쇼핑할 수 있는 최고의 장소", "창조의 메카" 등의 평가가 많다. "나는 모듈러 때문에 베를린으로 이사할 것이다" 같은 내용도 적지 않다.

한국에도 '문구덕후'들이 많지만, 이들이 모여 충분히 '덕심(마니아를 의미하는 은어 '덕후'와 '마음[心]'을 합친 신조어)'을 발휘할 공간은 거의 없다. 문구덕후들이 어쩔 수 없이 텐바이텐10X10 같은 온라인 문구점에 접속하거나 일본의 잡화점 로프트LOFT, 모듈러 등을 방문하기 위해 바다를 건너는 이유다.

단순히 물건 수로만 따지자면 한국의 대형 문구점들도 뒤지지 않는다. 다만 부족한 건 다른 차원으로 이동한 듯한 환상, 덕심을 온전히 풀어내도록 집중하게 하는 공간이다.

/ 마음을 훔친 표어들 /

배달대행 서비스 배달의민족이 빠른 기간 쌓아 올린 실적은 놀라운 수준이다. 배달의민족을 개발한 주식회사 우아한형제들은 2018년 기업가치 10억 달러 이상의 스타트업을 일컫는 '유니콘기업'의 반열에 들었다. 한국의 유니콘기업이 열 개 내외에 불과하다는 점을 고려할 때, 2010년 설립되어 단기간에 기업가치 3조 원을 넘긴 우아한형제들이 정말 대단하게 느껴진다.

배달의민족이 빠르게 성공한 데는 여러 가지 요인이 있겠지만, 나는 '우리가 어떤 민족입니까'라는 표어가 가장 큰 영향을 미쳤다고 본다. 이 표어는 '배달'의 민족인 우리가 음식을 자주 '배달' 시켜 먹는다는 점과 '빠릿빠릿한' 문화를 강조해 강렬한 인상을 남겼다.

이런 게 바로 표어의 효과다. 베를린에도 뇌리에 박히는 표어를 사용해 팬들을 끌어모은 상점이나 제품이 적지 않다.

책이 말을 거는 곳

베를린은 인간적 감성의 도시다. 사람들은 사진을 찍기보다는 눈에 담기를 좋아하고, 태블릿으로 전자책을 읽기보다는 종이책이나 신문을 선호한다. 사람들이 늘 책을 들고 다니니 서점들도 북적인다. 베를린의 서점 중에는 프로 큐엠Pro qm, 두스만Dussmann, 발터 쾨니히Walther König, 모토Motto, 소다 북스Soda books 등이 유명하다. 각 서점은 자기만의 매력으로 손님을 모으려고 노력하는데, 보통 한 분야의 책을 집중적으로 판매하거나 독특한 큐레이션을 제공해 손님을 잡아끈다.

서점 '두 유 리드 미?!do you read me?!'는 감각적인 상호로 인기를 얻은 곳이다. 서점이 있는 미테의 유동인구가 많기도 하지만, 사람들을 끌어들이기 위한 '한 방'이 필요했고, '나를 읽을래요?!'라는 뜻의 상호는 그 역할을 톡톡히 해냈다. 월요일부터 토요일까지, 오전 열 시부터 오후 일곱 시 반까지 영업시간 내내 책을 살피고 한두 권씩 구매하는 사람들의 발길이 끊이지 않는다.

한국에서는 배우 정유미가 이곳에서 만든 에코백을 메고 방송

▐ 나를 읽을래요?!

마치 말을 거는 듯한 독특한 상호가 눈길을 끈다.
영업시간 내내 베를린 사람들의 발길이 끊이지 않
는다. 자체적으로 만든 에코백도 인기다.

에 출연해 유명해졌다. 참고로 독일은 일회용품 사용을 줄이기 위해 마트, 서점, 카페 등에서 자체 제작한 에코백을 판매한다.

심장을 뛰게 하는 소녀감성

'소녀감성'이란 말에는 성차별적 사고가 담겨 있는 듯해 싫어한다. 하지만 '네버 에버 엔딩 러브스토리A Never Ever Ending Lovestory'는 소녀감성이란 말을 하지 않고서는 묘사하기 힘든 카페다.

소녀감성이 무엇인지 보려면 인스타그램에 접속해보자. 사진을 주로 공유하는 SNS인 인스타그램은 '무엇'을 '어떻게' 보여주느냐가 중요한데, 여기서 인기가 많은 사진들 특유의 감성이 저 소녀감성과 일맥상통한다. 이러한 감성을 따라 인테리어를 한 공간도 많은데, 나는 이런 공간들이 늘 마음에 들지 않았다. 보통 명확한 콘셉트 없이 어쭙잖거나, 의자나 탁자가 지나치게 불편하거나, 조명이 너무 어둡거나, 그러면서도 비쌌기 때문이다.

하지만 네버 에버 엔딩 러브스토리는 소녀감성을 제대로 구현해냈다. 입구에 대문자로 쓴 상호부터 심장을 뛰게 한다. '끝나지 않은 사랑이야기'라는 뜻도 좋다. 카페는 분홍색 소품으로 가득하고, 탁자들 위에는 생화가 놓여 있다. 한결같은 콘셉트가 손님의 감성을 자극한다.

물론 단순히 감성적이기만 하고 커피와 음식이 별로라면 손님들이 이곳을 찾지 않을 것이다. 다행히 이곳은 그 맛도 만족스럽다. 특히 바나나와 누텔라, 블루베리가 잔뜩 올려진 팬케이크가 그렇다.

문을 여는 아침 여덟 시부터 문을 닫는 오후 다섯 시까지 카페는 늘 손님들로 가득하다. 소녀뿐 아니라 중년의 남성이나 할머니까지 다양한 손님이 이곳을 찾는다.

감각을 우려낸 차의 세계

나라마다 유명한 차茶브랜드가 있기 마련이다. 싱가포르에 티더블유지 티$^{TWG\ Tea}$, 호주에 티투^{T2}가 있다면 베를린에는 '페이퍼 엔드 티$^{Paper\ \&\ Tea,\ P\&T}$'가 있다. P&T는 전 세계의 다양한 차를 현대적으로 해석, 상품화해 판매한다. 2012년 베를린 서쪽의 샤를로텐부르크^{Charlottenburg}에 콘셉트 스토어를 연 지 2년 만에 미테에 두 번째 매장을 여는 등 승승장구하고 있다.

P&T는 전 세계에서 공수한 다양한 차를 가격대별로 구분해 제시한다. 예컨대 얼그레이티 하나만 해도 종류가 다섯 가지에 달한다. 가격이나 포장, 용량 등도 다양해 취향에 맞게 살 수 있다. 깔끔하게 진열된 차들을 보노라면 마치 옷을 고르는 것 같은 즐거움을 느낄 수 있다. 차의 향을 맡으며 살펴보고 있으면 점원이 와서 가장 좋아할 만한 차를 추천해준다. 가끔은 시음해볼 기회도 있다.

그런데 P&T가 손님들의 이목을 잡아끈 건 뭐니 뭐니 해도 이들이 사용하는 표어다. 특히 포장지에 "I DRINK COFFEE YOU DRINK TEA MY DEAR(나는 커피를 마시고 당신은 차를 마셔요 내 사랑)", "WHITE GREEN YELLOW OOLOONG BLACK PU-ERH(백차 녹차 황차 우롱차 흑차 보이차)" 등 감각적인 문구가 새겨져 있다. 텀블러나 에코백 등에도 마찬가지다. 표어를 읽는 것만으로도 당장 차를 마셔야 할 것 같은 기분이다. 한국인 사이에서 P&T가 꼭 들러야 할 곳 중 한 곳으로 꼽히게 된 것도 "I DRINK COFFEE YOU DRINK TEA MY DEAR"라는 표어가 유행하면서다.

/ 깔끔한 메시지, 깔끔한 맛 /

'노브랜드'는 정용진 신세계그룹 부회장이 심혈을 기울여 제작, 마케팅하고 있는 이마트의 핵심사업이다. 꼭 필요한 기능만 남겨 사용하는 데 불편함이 없으면서도, 포장, 디자인, 홍보 등에 들어가는 비용을 최소화해 초저가를 실현한 제품들을 선보이고 있다. 가성비가 좋다는 점으로 고객의 마음을 끌어 상품을 망설임 없이 선택하게 하는 데 성공했다. 홍보하지 않는다는 '생각의 전환'으로 오히려 홍보에 성공한 사례다.

베를린의 맥주브랜드 '비어BIER'도 마찬가지다. '맥주'라는 뜻의 이 브랜드는 2009년 첫선을 보인 뒤부터 폭발적인 인기를 끌고 있다. 단순함에서 오는 자부심 덕분이다. 예컨대 비어가 판매하는 맥주는 병디자인이 매우 단순하다. 흰 바탕에 'BIER'라고 쓴 게 전부다. 비어는 "우리 제품에는 이름이나 로고가 없다"라면서 "이 뒤에는 단순한 메시지가 있다. 그냥 음료의 맛이 중요하다는 것이다"라고 설명한다.

병에 적힌 또 다른 문구 "GESCHMACK BRAUCHT BRAUCHT KEINEN NAMEN"은 비어의 가치를 잘 대변한다. '이름은 없다. 그냥 맛보라'는 뜻으로 이러한 자신감이 독특함으로 작용해 베를

▌단순함의 미학

대부분의 상품은 어떻게서든 시선을 붙잡기 위해
화려하게 포장하기 마련이다. 하지만 비어가 만든
맥주병에는 단지 "BIER"라고만 쓰여 있다. 이래저
래 가장 깔끔한 맛의 맥주가 아닐까.

린 사람들의 눈길을 끌고 마음을 훔쳤다.

비어는 이제 맥주에 탄산수를 섞은 라들러^{radler}, 와인에 탄산수를 섞은 바인숄레^{weinschorle}, 콜라로 영역을 넓히는 중이다. 뇌리에 박히는 문구 덕이다. 각 제품에는 "RADLER", "WEINSCHORLE", "COLA"라고만 쓰여 있다.

/ 가장 한국적인 그리고 가장 베를린다운 /

이케아^{IKEA}, 무인양품^{MUJI 無印良品} 등이 뜬 건 단순히 의류나 가구의 질이 뛰어나서가 아니라 '라이프스타일'을 판매해서다. 이케아는 홈페이지에서 "이케아의 모든 행동을 결정하는 독특한 문화와 가치는 '전형적인 스웨덴 스타일'"이라고 설명하며 스웨덴에 뿌리를 둔 콘셉트를 강조한다. 이케아의 사명은 간단하게 말해 '스웨덴 라이프스타일'을 파는 것이다.

무인양품도 마찬가지다. 2012년 관동대지진 이후 미니멀리즘은 일본인들에게 중요한 가치가 되었는데, 무인양품은 이를 반영한 라이프스타일을 판매한다. '상표가 없는^{無印} 좋은 물건^{良品}'이라는 뜻의 상호에서 드러나듯, 본질에 충실하며 간단하고 단순한 의류, 가전제품, 가구, 생활용품을 제공하겠다는 포부를 품고 있다. 무인양품은 제품 외관에 로고를 드러내지 않는 것으로도 유명하다.

이외에도 라이프스타일을 판매해 승승장구 중인 브랜드가 적지 않다. 1,400여 개의 매장을 보유하고 연 매출 2조 원을 달성한 일본 최고의 서점 츠타야^{TSUTAYA}도 '라이프스타일을 판매하는 서점'이다. 츠타야는 책으로 라이프스타일의 변화를 꾀해보라고 제안한다. 이를 위해 문고본이나 단행본, 전문서를 주제별로 진열해놓고, 관련 상품이나 행동을 제안한다. 예컨대 요리책 매대 옆에는 요리교실을 열고, 여행서 매대 옆에는 여행사 대리점을 두는식이다.

이러한 '라이프스타일 비즈니스'는 최근 가장 영향력을 발휘하는 사업모델이다. 베를린에도 라이프스타일 비즈니스에 나서 주목받는 업체가 있다. 안경점 '윤 베를린^{YUN Berlin}'은 단순히 안경을 파는 데서 그치지 않고 라이프스타일을 제시하는 데 성공했다.

윤 베를린은 미테에 매장을 두고 있지만, 이곳의 안경은 모두 한국인 디자이너들이 디자인한 것으로 감각적·현대적이다. 가볍고 내구성 좋은 소재를 사용해 일상에서 착용하기도 좋다.

처음 윤 베를린이 눈길을 끈 건 '빠른 서비스' 때문이었다. 안경테를 고르고 시력을 검사하고 나면 20분 만에 안경이 제작된다. 가격도 합리적이다. 안경을 맞추는 데 통상 한두 달씩 걸리고 그 가격도 매우 비싼 독일에서는 획기적인 서비스다. 실제로 매장을 방문하면 컨베이어벨트가 돌아가는 것을 볼 수 있다. 빠른 서비스의 1등 공신이다. 안경테와 렌즈에 관한 정보가 담긴 바코드를 인식시키면, 컨베이어벨트가 자동으로 안경을 만든다. 나만의 안경이 만들어지는 과정을 지켜보는 이 경험이 꽤 감각적이다.

윤 베를린의 성공은 단순히 디자인이 예쁘고, 가격이 합리적이기 때문만은 아니다. 윤 베를린은 당당하게 한국인 디자이너들의 작품임을 공개하고, 한국적인 라이프스타일을 감각적으로 소개해 브랜드 이미지를 유지한다. 그렇게 해서 단순한 안경점의 차원을 넘어섰다.

이러한 방식은 윤 베를린이 발행하고 있는 《윤 저널*YUN Journal*》로 구체화된다. 《윤 저널》은 식물 키우기, 발레, 미니멀리즘, 여행 등 다양한 주제를 다룬다. 베를린에 사는 유명인들을 인터뷰하기도 한다. 이로써 베를린의 다양한 라이프스타일을 소개하고, 가끔 서울의 라이프스타일도 제시한다. 서울에서 어떤 음료가 인기인지, 서울의 라이프스타일이 어떤 것인지, 서울 출신 디자이너는 베를린에서 어떤 삶을 살고 있는지 등을 감각적으로 보여준다. 《윤 저널》을 읽으면 '윤 베를린 안경을 끼면 이런 라이프스타일을 누릴 수 있군', '나도 이렇게 감각 있게 살고 싶다' 등의 생각을 하게 된다. 최근 윤 베를린은 베를린에서의 성공을 바탕으로 서울에 지점을 냈다.

역사책을 뒤져 찾은
원조 맛집

외국에 있을 때면 언제나 한식당을 찾아다닌다. 자연히 내게 외국은 두 종류로 나뉘는데, 일본이나 호주처럼 한식당이 많은 곳은 '버틸 만한 곳'이고, 벨기에처럼 한식당을 찾기 힘든 곳은 베트남, 중국, 태국 등 여타 아시아 식당에 의지해 '간신히 살아남아야 하는 곳'이다. 이처럼 입맛이 토종인 나조차 맛있게 먹은 외국 음식이 몇 개 있는데, 베를린의 커리부어스트Currywurst와 호주에서 처음 먹은 싱가포르의 치킨라이스다. 두 음식이 어쩌나 입맛에 맞는지 곧바로 내 '영혼을 훔친 음식'이 되었다.

커리부어스트는 베를린 사람들이 정말 사랑하는 음식으로, 보통 식사를 대신해 간단히 먹는다. 커리부어스트 박물관Deutsches Currywurst Museum에 따르면 독일에서는 매년 8억 개의 커리부어스트가 소비되고, 이 중 7,000만 개가 베를린에서 팔린다.

커리부어스트는 잘 익힌 통통한 소시지를 카레 향이 살짝 나는 케첩에 묻혀, 마요네즈와 카레가루를 뿌린 감자튀김과 함께 먹는 음식이다. 한국의 떡볶이 같은 '국민간식'인 커리부어스트를 한 입 가득 넣고 우물거리면 그렇게 행복할 수가 없다.

나는 베를린 곳곳의 간이식당인 임비스Imbiss에서 커리부어스트를 즐겨 먹었다. 아침부터 밤늦게까지, 어떤 곳은 새벽 다섯 시까지 영업하고 맛도 죽여주었기에 하루 한 끼는 꼭 커리부어스트로 해결했다. 가기 편해서 자주 들른 곳은 베를린중앙역과 베를린동물원역에 있는 커리 36Curry 36이고, 맛있어서 즐겨 찾은 곳은 비텐베르크광장Wittenbergplatz의 카데베백화점 옆에 있는 위티스Witty's였다.

베를린 사람들은 남녀노소 가리지 않고 커리부어스트를 사랑하는데, 세대별로 먹는 방법이 다르다. 청년층은 앞서 설명한 대로 감자튀김과 함께 먹고, 중장년층은 빵과 곁들여 먹기를 선호한다. 늦은 밤에는 소시지만 먹는 이들이 많다.

커리부어스트는 흥미로운 이야기를 품은 음식이기도 하다. 인도 음식인 카레가 어떻게 독일 소시지와 엮이고, 또 어떻게 베를린을 대표하는 음식이 되었을까. 유래에 대해서는 여러 설이 있지만, 그중 1949년 샤를로텐부르크에서 임비스를 운영하던 헤르타 호이버Herta Heuwer가 개발했다는 게 가장 유력하다.

제2차 세계대전 이후 서베를린에 연합군이 주둔했는데, 이때 영국군이 케첩(또는 우스터소스)과 카레가루를 가지고 들어왔다. 영국군에게 이를 얻어 다른 향신료들과 섞어본 호이버는 맛이 썩 괜찮음을 깨닫고 소시지에 곁들여 팔았다.

마침 서베를린은 재건사업이 한창이었기에 전국에서 온 노동자들이 모여 있었다. 이들은 싼값에 배를 채우려고 임비스를 주로 찾았는데, 호이버가 파는 새로운 소스를 곁들인 소시지는 금세 큰 인기를 끌었다. 곧 소문이 퍼지면서 많은 임비스가 조리법을 따라 했다. 애초에 그리 어려운 조리법도 아니었고 말이다. 이에 호이버는 1951년 칠업Chillup이란 이름의 소스를 개발하고 특허를 냈다. 이 소스를 만드는 방법은 여전히 비밀이다.

커리부어스트는 베를린 사람들의 식사문화를 잘 보여준다. 그들은 케밥, 커리부어스트 그리고 아시아 음식 등으로 간단하게 끼니를 때우는 데 익숙하다. 집에서 요리하더라도 우리가 보기에는 재료를 조합하는 수준에 그친다. 다만 사교의 목적이 있다면 제대로 먹으면서 오랫동안 대화를 나누기 위해 보통 외식한다. 하지만 외식비는 식료품비보다 월등히 비싸고 팁까지 내야 해 가격부담이 상당하다. 그래서 돈을 아끼는 데 관심 있는 이들은 그저 임비스에서 간단히 배를 채우거나 식료품점에서 재료를 사다가 요리해 먹는 편을 선호한다.

/ 치킨라이스의 고향을 찾아 /

이처럼 음식을 보면 한 지역의 역사와 문화는 물론이고 철학이나 타국과의 관계까지 알 수 있다. 그래서인지 최근에는 인문학적 시각으로 음식을 소개하는 책들이 시중에 다수 나와 있다.

내가 사랑하는 또 다른 음식 치킨라이스에 얽힌 이야기도 재미있다. 치킨라이스는 동남아시아에서 널리 먹는 음식으로, 하얗게

한입의 행복을 선사하는 커리부어스트다. 베를린
사람들이 가장 사랑하는 음식 중 하나다.

▌현지인만 아는 커리부어스트 맛집

베를린에는 커리부어스트를 파는 임비스가 곳곳
에 있다. 커리 36은 가장 인기 많은 임비스 체인
점 중 하나다. 베를린동물원역 출구에 있는 커리
36은 언제나 사람들이 줄을 설 정도로 맛이 좋다.

삶은 닭고기를 데친 숙주, 밥, 국물과 함께 먹는 일종의 정식이다.

겉모습이 평범한 만큼 맛도 그저 그럴 것 같지만 이는 편견이다. 육즙이 가득한 닭고기에 데친 숙주를 올린 다음 알싸한 고추소스와 간장을 찍어 먹으면 입에서 살살 녹는다. 닭고기의 식감이 사라지기 전에 판단잎Pandan leaf과 생강 향이 가득한 밥을 입에 밀어 넣고, 삼계탕처럼 걸쭉한 국물까지 머금으면 맛이 가히 환상적이다.

처음 치킨라이스를 먹은 건 호주에서였다. 매일 한식당을 찾아다니던 내게 싱가포르인 친구들이 저변을 좀 넓혀보라며 자국 음식점인 파파리치PappaRich로 데려갔다. 파파리치는 싱가포르의 치킨라이스를 전문으로 하는 체인점으로 동남아시아는 물론이고 호주와 뉴질랜드 등지에 지점이 많다. 다행히 내 입맛에 맞아 이후 우울할 때마다 파파리치를 찾았고, 친구들을 볼 때도 이곳에서 만나자고 제안했다. 그러던 어느 날 말레이시아인 친구들에게 "싱가포르 음식인 치킨라이스를 먹자"라고 제안했다가 혼쭐이 났다. 그들은 내게 정색하며 "치킨라이스는 말레이시아 음식이야"라고 했다.

혼란에 빠진 나는 이후 치킨라이스가 어디서 유래된 음식이며 어떻게 동남아시아 전역으로 퍼지게 되었는지 알아보기 시작했다. 이로써 싱가포르의 탄생과 중국인들의 동남아시아 이주사까지 공부할 수 있었다.

싱가포르는 19세기 초까지만 하더라도 누구도 관심을 기울이지 않는 버려진 섬이었다, 극소수의 말레이족 원주민인 부미푸트리Bumiptra와 숨어든 해적들만 살고 있었다. 하지만 1819년 이곳 위치의 중요성을 파악한 영국 동인도회사가 싱가포르 남부에 항구를 건설하고 동방무역의 거점으로 삼으면서 서서히 사람들이 몰려들었다.

1858년부터는 영국 동인도회사가 인도에 세운 도시 콜카타Kolkata의 행정부가 이 지역을 지배했다. 이후 싱가포르가 계속해서 성장하자 인도 총독의 행정력 부족 등을 이유로 1867년 영국의 식민지로 편입되었다. 제2차 세계대전이 끝나고는 말레이시아에 포함되나 1965년 독립했다. 즉 싱가포르와 말레이시아가 두 나라로 갈라진 건 비교적 최근의 일인 것이다.

동방무역이 활발해지며 싱가포르는 상업적으로 번성하고, 다인종으로 구성된 이민사회를 형성했다. 대부분의 이민자는 중국 출신 화교였는데, 남인도 출신의 인도인이나 영국인, 아르메니아인, 유대인, 아랍인 등도 싱가포르를 찾았다. 1819년 1,000명에 불과하던 싱가포르 인구는 이민자들의 유입으로 1940년 77만 명을 기록한다.

이민자들은 크게 무역업자와 노동자로 나뉘는데, 초기에는 무역업자들이 많았다. 영국 동인도회사의 직원으로 싱가포르에 상륙한 토머스 스탬퍼드 래플스 경Sir Thomas Stamford Raffles이 무관세 자유항 정책을 펼쳤기 때문이다. 중국 난양南洋 일대에서 무역업에 종사하던 중국인들, 인도네시아 술라웨시섬Sulawesi의 부기족Bugis들, 역시 인도네시아 팔렘방의 부유한 상인 사이드 오마르 알주니에드Syed Omar Aljunied 등이 무역업으로 번창할 가능성을 보고 찾아왔다.

1840년대 이후부터는 일감을 찾아 노동자들이 몰리기 시작했다. 말레이반도의 식민지들을 통치하던 영국은 농장을 개발하기 위해 밀림지대를 개척해야 했는데, 이를 위해서는 대규모의 노동력이 필요했다. 이민자들을 우호적이고 개방적인 태도로 맞이한 이유다. 때마침 중국에서 청나라 조정이 반청反淸조직을 진압하고 있었다. 이를 피해 중국인들이 하나둘 번영하는 싱가포르로 몰려들었다. 하이난海南에 살던 중국인들도 일자리를 찾아 싱가포르로 이주했는데, 여기에는 왕이위안王義元이라는 노동자도 있었다. 그는 이국땅에서 하이난 원창文昌의 전통요리인 원창지文昌雞를 응용한 요리를 선보였는데, 그것이 바로 치킨라이스의 원형이다. 오늘날에도 치킨라이스를 보통 '하이나니즈 치킨라이스Hainanese chicken rice'라고 부르는 이유다.

시간이 흘러 제2차 세계대전 후 말레이시아가 영국에서 독립하자 싱가포르 또한 독립하여 말레이시아에 한 주로 편입되길 바랐다. 결국 싱가포르는 1959년 제정된 신新헌법에 따라 말레이시아의 자치령이 된다. 그 전에 인민행동당人民行動黨을 결성, 총리에 오른 리콴유李光曜는 자치령의 수반이 되어 싱가포르의 지위를 유지하기 위해 갖은 노력을 기울였다. 당시 싱가포르는 이민 온 이들만 바글대던 작은 섬에 불과했다. 리콴유는 싱가포르가 물적·인적 자원이 풍부한 동남아시아의 다른 나라들과 경쟁해서는 살아남을 수 없다고 판단했기에 어떻게든 말레이시아에 남고자 했다.

하지만 말레이시아는 싱가포르를 눈엣가시로 생각해 내쫓고 싶어 했다. 인종문제 때문이었다. 말레이시아는 원주민인 말레이족이 대다수를 차지하고 있던 반면, 사실상 무인도처럼 방치되었던 싱가포르는 이민자, 특히 화교가 대다수를 차지하고 있었다.

말레이족은 화교를 경계했다. 화교는 더욱 나은 미래를 위해 중국을 떠나 타지에 정착한 만큼 의지와 추진력이 강하고 성실했다. 돈도 잘 벌었다. 말레이족은 '이러다가는 경제뿐 아니라 정치적으로도 모든 이익을 화교에게 뺏기고 말 것이다'라는 두려움을 품게 되었다.

말레이시아는 지금도 이러한 생각을 바탕으로 말레이족에게 특혜를 제공하는 정책을 펴고 있다. 말레이족이 수적으로는 다수지만 경제적으로는 소수라는 논리인데, 이러한 정책은 헌법 153조로 보장받는다. 구체적으로 말레이족은 기업 설립과 취직 시 혜택을 받고, 차나 집을 저렴하게 살 수 있으며, 공무원이 되기도 쉽다. 이를 신경제정책New Economic Policy이라고 부른다.

결국 1964년 7월과 9월 말레이시아 극우 민족주의자들의 주도로 폭동이 발생해 수백 명의 사상자가 발생하자 말레이시아는 싱가포르를 추방한다. 리콴유는 싱가포르 혼자서는 생존하기가 어렵다며 재고를 거듭 요청했지만, 말레이시아는 결정을 굽히지 않았다.

1965년 8월 최후통첩을 받은 리콴유는 "나는 일생 싱가포르와 말레이시아의 통합을 꿈꿔왔다"라면서 흘러넘치는 눈물을 연신 닦았다고 한다. 원치 않는 독립을 맞이한 싱가포르와 리콴유 앞에는 혹독한 시련만이 남은 듯했다.

이후의 이야기는 모두 아는 대로다. 서울의 약 1.2배 크기 영토에 인구 561만 명인 도시국가 싱가포르는 리콴유의 빈틈없는 독재하에 고속성장을 이어갔다. 1980년대부터는 한국, 홍콩, 타이완과 함께 '아시아의 네 마리 용'으로 불리게 되었다. 각종 국제기구도 싱가포르를 높게 평가하는데, 2016년과 2017년 세계경제포럼World Economic Forum이 꼽은 인프라 경쟁력 순위에서 2위에 올랐고, 2018년 국제통화기금International Monetary Fund이 꼽은 1인당 명목 GDP 순위에서는 9위에 올랐다. 2016년 국제투명성기구Transparency International가 꼽은 국가청렴도 순위에서는 7위에 이름을 올렸다.

이러한 경쟁과 갈등이 바로 두 나라가 한 음식을 두고 소유권 다툼을 벌이게 된 이야기의 전말이다. 이를 알게 된 이후부터 함부로 치킨라이스의 고향을 언급하지 않는다. 더욱 맛에 집중할 뿐이다. 나에게는 그것이 가장 중요하므로.

열다섯 명 중 한 명은
베를린장벽 파편을 가졌다

독일은 서유럽 국가로 묶인다. 자연히 네덜란드, 벨기에, 스위스, 오스트리아, 영국, 프랑스 등 다른 서유럽 국가들을 찾은 관광객 중 많은 이가 독일도 방문한다. 그런데 이상하게도 베를린을 방문했다는 이들은 그리 많지 않다. 대개 프랑스를 들렀다가 프랑크푸르트를 가거나, 스위스를 들렀다가 뮌헨을 간다. 베를린은 요즘 가장 인기 있는 도시고, 독일의 수도이며, 유럽인 사이에서도 유명한 곳인데, 왜 이럴까.

이는 베를린의 위치 때문이다. 베를린은 독일의 동쪽 끝에 있어 알렉산더광장에서 시외버스를 타고 두 시간만 가면 동유럽 국가로 여겨지는 폴란드에 도착할 정도다. 그런데 조금 이상한 점이 있다. 베를린이 이처럼 동쪽에 치우쳐져 있다면, 대체 서독은 어떻게 베를린 일부를 소유, 서베를린을 만들 수 있었을까.

제2차 세계대전이 끝나고 영국, 미국, 프랑스와 소련은 독일을 양분했다. 그런데 문제가 발생했다. '수도' 베를린이 동독에 포함된 것이다. 이에 소련을 제외한 나머지 국가가 베를린을 모두 동독이 차지하는 건 불공평하다면서, 베를린도 동서로 나누자고 주장했다.

이렇게 서베를린은 공산주의 국가 동독 안의 유일한 자본주의 도시가 되었다. 그러자 또 다른 문제가 생겼다. 자꾸만 동독 사람들이 서베를린을 거쳐 서독으로 탈출했던 것이다. 이에 동독 정부는 사람들의 탈출과 동독 마르크의 유출을 막기 위해 베를린장벽을 세우기로 한다.

1961년 8월 13일 쌓기 시작한 장벽으로 동독은 서베를린을 완전히 고립시키고자 했다. 다만 서베를린은 바다가 아닌 육지 위의 '섬'이었기에 동베를린과 맞댄 곳에만 담을 쌓아서는 목적을 달성할 수 없었다. 결국 서베를린 둘레를 모두 장벽으로 휘감는 대공사가 시작되었다. 이 때문에 장벽은 어마어마하게 길어졌으니 156킬로미터나 되었다. 이 중 동베를린과 서베를린이 맞닿은 곳의 장벽은 45.1킬로미터에 불과했다.

장벽은 독일 통일 직전인 1989년 11월 9일 무너졌다. 이후 일부 파편은 이스트사이드갤러리처럼 그 자리에 남았고, 일부 파편은 여러 박물관으로 옮겨졌으며, 일부 파편은 베를린시가 각국에 선물로 기증했다. 현재 약 600여 개의 파편이 전 세계 140여 개국에 전시되어 있다. 서울 청계천에도 파편이 있는데, 2005년 베를린시가 분단국가 한반도의 평화통일을 기원하는 뜻에서 기증한 것이다.

파편은 기념품으로도 팔리고 있다. 브란덴부르크문 근처 베를린시 공식 기념품점에서든, 운터덴린덴가 근처 사설 기념품점에서든 가장 쉽게 발견할 수 있는 게 바로 이 파편이다. 상황이 이러하니 인터넷에서 파편의 진위를 묻는 글을 심심치 않게 볼 수 있다. "파편을 기념품으로 사 왔는데, 설마 진짜는 아니겠죠?", "판별법 같은 게 있나요? 장벽 근처 상점에서 산 게 아니라 잘 모르겠습니다", "파편이 진짜인지 알아볼 방법이 무언가요?" 등의 글 말이다.

나도 비슷한 궁금증을 품고 있었다. 베를린 곳곳에서 장벽의 흔적을 마주쳤고, 세계를 여행하는 중에도 자주 파편을 보았기 때문에 기념품으로 팔아버리기까지 하면 남아나지 않을 것 같아서였다.

그래서 브란덴부르크문 앞의 한 기념품점 직원에게 진짜 파편을 판매하는지 물었다. 그는 모두 진짜라며 "아마 다른 가게에서 파는 것도 마찬가지일 것 같다"라고 답했다. 왜 그렇게 생각하느냐고 다시 물으니 "파편이 너무 많기 때문이다"라고 웃으며 설명해주었다.

그의 말처럼 파편은 정말 많다. 앞에서 설명한 대로 워낙 길게 지어졌기 때문인데, 콘크리트 석판 약 4만 5,000개가 들어갔다. 각 석판의 크기도 어마어마한데, 사람이 넘어가지 못하도록 높이 3.6미터, 너비 1.2미터로 만들어졌다. 과학기술 전문 블로그인 기즈모도Gizmodo에 올라온 〈베를린장벽 파편은 특별하지 않습니다〉라는 글은 이 석판의 크기, 부피 등을 고려해 과연 파편이 얼마나

실현된 통일과 실현될 통일

포츠담광장에 있는 장벽 파편과 통일정이다. 장벽
파편은 독일뿐 아니라 세계 곳곳에 있다. 그만큼
거대한 규모로 지어졌기 때문이다. 통일정은 2015
년 독일 통일 25주년과 한국 광복 70주년을 기념
해 한국문화원에서 지었다.

▌목숨을 건 탈출

냉전이 한창이던 1961년 갓 만들어진 장벽 바
로 앞의 건물에 살던 동독 사람 이다 지크만(Ida
Siekmann)은 서독으로의 탈출을 결심한다. 하지
만 뛰어내리던 중 크게 다쳐 병원으로 이송하는
중에 사망했다. 그가 탈출을 감행한 곳은 추모공
간으로 조성되었다.

만들어졌을지 계산했다.

글에 따르면 석판의 약 50퍼센트는 깨뜨려 가공하는 과정에서 먼지가 되어 사용할 수 없게 된다. 나머지 50퍼센트를 다듬으면 석판당 골프공 크기의 파편 약 1만 600개를 만들 수 있다. 이렇게 계산하면 약 4억 8,000만 개의 파편이 만들어지는데, 2019년 기준 세계 인구가 약 76억 명이므로 열다섯 명 중 한 명은 파편을 가질 수 있다.

여기까지 생각하고 난 뒤 나는 가짜 파편은 없을 것 같다고 결론 내렸다. 물론 위조품이 있다는 이야기는 끊이지 않는다. 나는 그냥 신경 쓰지 않고 내가 산 파편이 진짜라고 믿기로 했다.

4 — 오늘보다 내일이 더 나을

주민들이 외친
"구글에 반대한다"

크로이츠베르크 중심에 있는 프랑켄 바^{Franken Bar}는 이 지역의 터줏대감이다. 벽에는 유명한 사람들이 다녀가고 남긴 흔적이 가득하고, 펑크록이 계속해서 흘러나온다. 관광객보다는 지역 주민들이 즐겨 찾는 바로, 편안한 분위기에서 술을 마실 수 있다.

나도 프랑켄 바를 즐겨 찾았는데, 어느 날 이곳에서 맥주와 음악을 즐기던 중 정신이 번쩍 드는 일이 생겼다. 창문에 쓰인 "젠트리피케이션 반대^{Gentrifizierung Resistent}"라는 문구를 본 것이다. 사실 크로이츠베르크나 노이쾰른에서 "젠트리피케이션에 반대한다"라거나 "구글에 반대한다^{No Google}"● 등의 문구를 보는 건 그리 어려운 일이 아니다.

기본적으로 베를린의 물가는 서울과 비교해 현저히 싸다. 넘베

오에 따르면 2019년 기준 외식물가는 15.77퍼센트 높지만, 소비자물가는 21.39퍼센트, 장바구니물가는 48.90퍼센트 낮다. 실제로 베를린에서 장을 보면 장바구니 가득 담고도 10유로를 채 내지 않을 때가 다반사였다. 한국에서는 두세 개만 담아도 1만 원을 훌쩍 넘기기 쉬운데 말이다.**

　이렇듯 저렴한 물가를 자랑하는 베를린이지만, 서울보다 더 비싼 게 있다. 바로 임대료다. 서울의 임대료는 세계 각국의 도시에 밀리지 않는 편이지만, 베를린의 임대료가 17.15퍼센트 높다.

　서울시는 주거난을 해결하기 위해 여러 관계 당국과 협력해 주택을 계속해서 공급하고, 서울 근처에 신도시를 여러 개 만들고 있다. 높은 임대료에 시달리는 사회초년생들을 위해 저이자 전세 대출 등을 지원하기도 한다. 베를린시도 비슷한 노력을 하고 있기는 하다. 하지만 상대적으로 서울보다 베를린의 주거비가 높은 이유는 임대료가 더 급작스럽게 오르고 있기 때문이다.

　앞에서 서술했듯 베를린이 이처럼 '섹시하고 다양성 넘치는' 사회로 거듭나게 된 건 1989년 통일 이후 '버려진 땅'이라는, 또 '저렴한 땅'이라는 매력에 이끌려 몰려든 예술가들의 노력 덕분이다. 하지만 베를린이 매력적인 도시로 탈바꿈하고 관광객들이 몰려들자, 중심부부터 임대료가 폭등해 돈 없는 예술가들은 주변부로 밀려나게 되었다. 그 빈자리에는 관광객을 대상으로 한 펜션 등 숙박시설이 들어섰다.

　예술가들이 처음 정착했던 프렌츠라우어베르크, 미테에는 카페, 갤러리, 상점 등이 들어섰다. 임대료가 높아지자 예술가들은 외곽인 크로이츠베르크로 둥지를 옮겼다. 하지만 이곳에서도 젠

베를린은 언제나 공사 중

통일 후 독일의 수도로서 빠르게 발전 중인 베를
린은 언제나 공사가 진행 중이다. 이 때문에 곳
곳에서 아주 쉽게 크레인 등을 볼 수 있다. 혹자는
공사 중인 베를린의 모습을 '가장 베를린다운 풍
경'이라고 말하기도 한다.

트리피케이션을 피하지 못하면서, 노이쾰른으로 좀더 밀려났다. 그리고 이 노이쾰른마저 젠트리피케이션으로 몸살을 앓고 있다. 빈곤층 주거지이자 우범지역으로 악명 높던 노이쾰른이지만, 명소로 급부상하면서 지난 10년 사이에 임대료가 두 배 이상 폭등했다.

단순히 관광객 증가와 젠트리피케이션만이 베를린의 임대료 상승을 불러일으킨 건 아니었다. 유럽 경제위기로 시행된 저금리 정책도 상황을 악화시켰다. 은행에 맡겨둔 돈의 가치가 계속해서 하락하자 많은 투자자가 부동산으로 눈길을 돌린 것이다. 여기에 급격한 발전으로 일자리가 늘어난 베를린에 독일의 다른 도시는 물론이고 EU 내 각국의 구직자들이 몰리며 엎친 데 덮친 격이 되었다.

임대료 상승은 수치로도 확인할 수 있다. 독일 부동산 정보 사이트immowelt.de에 따르면 베를린의 평균 임대료는 2008년 1제곱미터당 5.6유로에서 2018년 1제곱미터당 11.4유로로 두 배 이상 증가했다. 영국 부동산 컨설팅 업체 나이트프랭크의 〈글로벌 주요 도시 지수 보고서〉를 보면 베를린은 2017년 한 해에만 집값이 20.5퍼센트 상승해 조사대상 150개 도시 가운데 가장 높은 상승률을 기록했다.

임대료가 계속해서 오르자 이를 반대하는 시위가 이어졌다. 2010년에는 나체시위가, 2018년에는 빈 건물에 침입하는 점거시위가, 2019년 4월에는 6,000명에 달하는 사람이 알렉산더광장에 모여 "'미친 임대료' 문제를 해결하라"는 구호를 함께 외친 '미친 집세 시위'가 벌어졌다.

그런데도 임대료는 2018년 하반기에 10퍼센트, 2019년 1분기에 7퍼센트 상승하는 등 좀처럼 기세가 꺾이지 않았고, 결국 베를린시는 집세와의 전쟁을 선포했다.

2019년 6월 베를린시는 2020년부터 5년 동안 한시적으로 임대료를 동결하는 내용의 법안 마련에 착수했다. 법안이 통과되면 집주인들은 임대료를 3.3제곱미터당 50유로센트 이상 인상하려 할 경우 당국의 승인을 얻어야 한다. 재건축이나 보수공사로 임대료 인상이 불가피한 경우에도 마찬가지다. 5년 기한을 둔 이유는 현재 베를린 전역이 공사 중이므로, 5년 정도 지나면 새 주택이 공급되면서 열띤 임대료 상승세가 누그러질 것이라고 보기 때문이다.

이러한 초유의 대응이 결국 성공할 수 있을까. 일단 세계 각국은 회의적으로 바라보고 있다. 베를린과 유사한 법안을 도입한 스페인이 의도한 효과를 거두지 못했기 때문이다.

2019년 3월 스페인 사회주의노동자당 Partido Socialista Obrero Español은 임차인 보호를 위해 임대계약 기간을 기존 3년에서 5년으로 연장하고, 해당 기간의 소비자물가 상승률 이상으로 임대료를 올리지 못하도록 하는 법안을 제안했다. 법안은 내각의 승인을 얻어 곧바로 발효되었는데, 법안이 실행된 지 두 달 만에 "임대료 인상이 가속화되고 있다"라는 보도가 쏟아져나왔다.

스페인 중앙은행에 관련 통계를 제공하는 부동산 정보 사이트 idealista.com에 따르면 법안이 발효되던 2019년 3월의 임대료 상승률은 6.6퍼센트였는데, 법안이 실행되고 두 달이 지난 5월에는 7.5퍼센트로 뛰었다. 당국이 임대료를 낮추려고 강수를 둘수록 향후

더 강한 억제대책이 나올까 두려워한 임대업자들이 곧바로 임대료를 올렸기 때문이다.

임대료 상승은 전 세계적 문제다. 과연 베를린은 이런 흐름을 거슬러 성공사례를 남길 수 있을까.

● **왜 구글에 반대할까**

구글은 유럽에서 가장 젊은 지역인 크로이츠베르크에 스타트업start-up을 위한 구글캠퍼스를 설치하려 했다. 하지만 지역 주민들이 임대료 급등을 우려하며 시위에 나섰다. 강한 반대가 이어지자 구글은 계획을 발표하고 2년 만인 2018년 10월, 결국 사업을 포기했다.

●● **최저임금과 국력의 괴리**

한국은 노동력의 가치를 유럽보다 인정하지 않는 편이다. 2020년 기준 독일의 최저임금은 한화로 약 1만 2,400원, 프랑스는 약 1만 3,500원이다. 반면 한국은 급격히 상승했는데도 8,590원에 불과하다.
참고로 한국은 일본, 미국, 영국, 독일, 프랑스, 이탈리아에 이어서 일곱 번째로 30-50 클럽에 들었다. 이 클럽은 1인당 국민소득 3만 달러 이상, 인구 5,000만 명 이상을 달성한 선진국들의 모임이다.

집값 인상의 주범
에어비앤비

최근 마음에 드는 도시에서 한 달간 거주해보는 '한 달 살기' 여행이 유행이다. 인스타그램에서 '#한달살기' 태그를 검색하면 2019년 9월 기준 9만여 건의 게시물이 검색될 정도다. 대학생들이 방학 때 색다른 경험을 하기 위해, 프리랜서들이 새로운 영감을 얻기 위해, 신혼부부들이 결혼을 기념하기 위해 등등 한 달 살기를 하는 이유도 다양하다.

아시아권에서는 태국 치앙마이가, 유럽에서는 베를린이 인기다. 치앙마이는 태국의 2대 도시로 꽤 대도시지만, 방콕보다는 자연을 더 느낄 수 있고 물가도 싸서 장기간 머물기에 부담이 덜하다. 베를린은 유럽에서 산다는 로망을 충족해주면서도 식비 등 물가가 저렴하다는 데 인기의 이유가 있다. 특히 저렴한 임대료는 장기 체류자들에게 큰 장점이다. 내내 베를린의 임대료가 비싸다고 이야기해놓고 이게 무슨 소리인가 싶지만 사실이다. 베를린 임대료는 매우 가파르게 상승하고 있어 큰 문제가 되고 있지만, 여전히 타 유럽 도시들과 비교 불가할 정도로 저렴하다.

《텔레그래프》에 따르면 침실 하나가 딸린 아파트에 한 달간 머물기 위해서는 런던 기준 1,550파운드(약 230만 원)의 집세를 내야 한다. 반면 같은 아파트라도 베를린에서는 880파운드(약 130만 원)만 내면 된다. 유럽에서 한 달 정도 살아보고자 하는 이들에게 임대료가 저렴한 베를린이 최적지가 된 건 어쩌면 필연이다. 숙박공유 서비스인 에어비앤비Airbnb가 부상하며 정말 현지인처럼 살 수 있게 되었기도 하고 말이다.

에어비앤비는 변화하는 여행경향에 발맞춰 등장했다. 지금은 '실제 주거지에서', '좀더 현지인답게' 여행하는 것이 미덕인 시대다. 예전에는 '최대한 관광객답게' 여행하고자 했다. 각종 '타워'나 '동상' 등 명소를 둘러보고 그 앞에서 기념사진을 찍는 등의 전형적 관광 말이다. 하지만 저가항공사가 다수 등장하는 등 여행이 더욱 쉬워지고 빈번해지면서 다른 생활방식을 체험하는 데 의의를 두기 시작했다. 이제 관광객들은 마치 현지인처럼 최대한 자연스럽게 생활해보고자 한다.

이러한 전 세계적 흐름을 포착해 등장한 에어비앤비는 '동네놀이'를 가능케 함으로써 관광객들의 구미를 당겼다. 호텔 숙박비 정도만 내면 현지인이 가는 마트에서 식재료를 사 밥을 해 먹고, 현지인처럼 한적한 동네를 돌아다닐 수 있으니 '현지인 되기 로망'을 완벽히 충족해준 것이다.*

미테에 있는 파더 카펜터는 힙스터라면, 동네놀이
를 즐기는 관광객이라면 꼭 가보는 카페다. 아보
카도와 수란이 함께 나오는 아보카도 토스트가 맛
있다.

베를린도 이러한 흐름에 호응했다. 베를린 관광청은 《동네를 경험하다: 베를린 열두 개 지역 현지인처럼 즐기기*Kiez erleben*》라는 소책자와 같은 이름의 애플리케이션을 배포하며 현지인처럼 베를린을 즐길 방법을 소개했다.

하지만 에어비앤비 등이 인기를 끌자 임대료가 오른다는 비판이 제기되었다. 집주인들이 한 달에 50만 원을 내는 월세 임차인보다는, 하루에 3만 원을 내는 관광객을 들이길 원했기 때문이다. 결국 에어비앤비는 임대료 상승의 주범으로 꼽혀 베를린 사람들에게 미움을 받게 되었다.

2004년부터 2016년까지 12년 동안 임대료가 115퍼센트나 뛰어오르자, 베를린시는 2016년 법으로 에어비앤비 규제를 강화했다. 우선 단기 체류자에게 불법으로 집을 임대하는 경우 10만 유로의 벌금을 물도록 했다. 이처럼 규제가 심해지자 아파트 8,000채가 일반 임대아파트로 전환되었다.

이러한 갈등은 베를린만 겪는 현상이 아니다. 실제로 에어비앤비는 각국 정부와 다투고 있다. 2019년 6월 일본 정부는 숙박공유 관련 법인 '민박법'을 적용, 숙박공유 업체당 영업일 수를 180일로 제한했다.

미국 뉴욕도 에어비앤비가 임대료를 올리는 데 영향을 미쳤다며 강력한 규제에 나섰다. 뉴욕의 대표적 노조인 '뉴욕 모텔과 호텔의 무역 협의회The New York Hotel and Motel Trades Council'가 캐나다 맥길대학교McGill University에 의뢰한 연구에 따르면 에어비앤비의 영향으로 2014년 9월부터 2017년 8월까지 3년간 뉴욕의 장기 주택임대 시장에서 7,000~1만 3,500채의 물량이 사라졌다. 집주인들이 에어비앤비에 집을 내놓으면서 물량이 준 것이다. 이 여파로 최근 3년간 뉴욕의 장기 주택임대료는 중간값 기준 1.4퍼센트 오른 것으로 분석된다. 아파트 월세는 약 380달러나 뛰었다. 뉴욕 중심가인 맨해튼의 경우 상승폭이 700달러가 넘는다.

유럽 주요 도시들도 대응에 나섰다. 2019년 6월 암스테르담, 바르셀로나, 베를린, 보르도Bordeaux, 파리 등 열 개 도시는 공동으로 EU에 서한을 보내 숙박공유 서비스의 폭발적 성장에 따른 부작용을 지적하고, 규제안을 만들어달라고 호소했다. 스페인 항구도시 팔마데마요르카Palma de Mallorca는 에어비앤비 때문에 임대료가 40퍼센트나 올라 이런 방식의 임대사업 자체를 금지하는 '숙박공유 금지 법안'을 2019년 4월 통과시킨 상태다.

세계 각국의 사례에 비춰볼 때 에어비앤비가 임대료 상승의 주범이라는 건 자명한 사실 같다. 그렇다고 관광객들로서는 편리하고 저렴하며 현지인이 되어보는 로망을 충족해주는 에어비앤비를 두고 비싼 호텔에 묵는 건 비합리적이다. 모두가 만족할 만한 방법은 과연 무엇일까.

● 동네놀이의 꽃은 카페

베를린 사람들은 커피를 즐긴다. 카페에 혼자든 여럿이든 들러 잠시 커피 한 잔을 음미하는 건 가장 베를린 사람다운 일상이다. 이는 특히 겨울에 두드러진다. 베를린의 겨울은 길고 춥고 어두운데, 카페에서 몸을 녹이고 커피를 음미하는 이들이 늘어나는 이유다. 이러한 '카페사랑' 덕분에 베를린에는 좋은 카페가 많다. 커피 맛과 분위기가 좋은 것은 물론이고 영양가 높은 음식이나, 예쁜 디저트도 판다. 베를린을 방문한 사람들이 카페들을 '투어'하는 건 우연이 아니다.

관광객에 질린
관광도시

에어비앤비를 둘러싼 논쟁 때문에 해당 서비스를 이용해 베를린에 머물 때면 이웃들 눈치를 봤다. 하지만 시간이 흐를수록 베를린에서는 '에어비앤비에 묵는 관광객'뿐 아니라, '관광객' 자체가 단단히 미움받고 있다는 걸 깨달았다. 이제 막 관광도시로 자리매김하고 있는 판국에 이게 무슨 소리인가 싶지만, 베를린 사람들의 관점에서 생각하면 어느 정도 이해가 되는 측면이 있다.

〈유럽 도시 마케팅 벤치마킹 보고서〉에 따르면, 베를린은 2015년 기준 1,237만 명이 찾으며 런던, 파리에 이어 관광객이 많이 찾은 도시 3위에 올랐다. 그런데 이러한 인기는 특정 관광지 덕분이 아니다. '실제 주거지'에서, '좀더 현지인답게' 여행하는 경향에 영향받은 바가 크다.

특히 베를린은 '힙스터 도시'로 알려지며 관광도시로 자리 잡았다. 2015년 이후 전 세계적으로 힙스터 열풍이 불었다. 힙스터란 주류문화에서 벗어나 인디음악이나 독립영화 등 하위문화를 소비하고, 커피와 맥주를 생활화해 마시는 이들을 가리킨다. 이들은 사회운동에 관심이 많고 적극적으로 참여하는데, 전쟁과 신냉전 등을 반대하고 공정무역과 채식주의 등을 옹호한다.

이들에게 베를린은 물가가 저렴한 가난한 도시이고, 세계 각국의 예술가들이 모여 하위문화가 발달한 섹시한 도시이며, 각종 사회운동에도 적극적인 도시로서 구미가 당기는 곳이었다. 최근 인터넷에서 인기인 '힙스터 테스트'를 살펴보면 36번 문항이 '최근 가장 가고 싶은 곳은 베를린이다'일 정도다. 이처럼 베를린은 명실상부 힙스터의 성지가 되었다. 특히 크로이츠베르크와 노이퀼른 등이 가장 크게 부흥했는데, 수많은 그라피티와 떠들썩한 밤문화, 멋진 카페와 초소형 농경지가 두 지역을 가득 채웠다.

베를린의 힙스터들은 동네놀이에 매진했다. '꾸며진 것', '작위적인 것'을 싫어하고 최대한 자연스러움을 추구하기 때문이다. 문제는 이게 기존 주민들의 일상을 파괴했다는 것이다. 가난한 침상도시寢牀都市, bed town에 불과했던 노이퀼른은 이제 관광객을 상대하는 에어비앤비, 바, 카페로 가득하다.

이러한 환경에서 관광객들이 의도하지 않았더라도 주민들의 생활은 망가질 수밖에 없다. 이를 '오버투어리즘overtourism'이라고 한다. '지나치게 많은' 관광객이 몰려들어 도시를 점령하고 주민들의 삶을 침범하는 오버투어리즘은 환경과 생태계를 파괴하고 관광의 질을 떨어뜨리는 부작용을 낳는다.

▌그라피티의 도시

베를린에는 그라피티가 정말 많다. 어디를 가든
볼 수 있다. 베를린 사람들은 이를 예술작품으로
여긴다. 도시 자체가 하나의 거대한 갤러리인 셈
이다.

주거지가 관광지로 개발되고 관광객이 주거지를 찾기 시작하면서 발생한 관광객과 주민 간의 갈등은 '투어리스티피케이션touristification'으로 심화하기도 한다. 이는 '관광지화touristify'와 '젠트리피케이션'의 합성어로, 주거지가 관광지화됨에 따라 실생활에 불편을 겪는 주민이 이주하는 현상을 가리킨다. 크로이츠베르크, 노이쾰른, 프렌츠라우어베르크 등이 투어리스티피케이션으로 몸살을 앓고 있다.

많은 관광객이 유입되며 베를린 곳곳에서는 '언어갈등'도 불거지고 있다. 인기 있는 지역의 카페, 식당, 바 등이 독일어가 아니라 영어를 쓰기 때문이다. 2017년 옌스 슈판Jens Spahn 보건부 장관은 "요즘 베를린 식당들은 오직 영어만 사용한다"라면서 독일이 점차 이민자와 관광객 위주로 변화하고 있음에 우려를 표했다.

독일 언론은 장관의 발언에 더해 특히 프렌츠라우어베르크, 미테 등에서 이러한 현상이 강하게 나타난다고 보도했다. 점차 독일에서도 "관광객이 싫다"라거나 "독일은 산업구조가 탄탄해 관광으로 벌어들이는 돈이 적은데, 왜 관광산업을 키워야 하냐" 등의 여론이 커졌다.

베를린에서 언어갈등을 몸소 느끼는 건 어려운 일이 아니다. 한 미국인 친구는 택시를 탄 뒤 기사에게 "영어를 구사하냐"라고 물었다가 "여기는 독일이므로 난 영어를 구사할 의무가 없고 네가 독일어를 써야 한다"라고 훈계를 들었다. 나도 하케셔마르크트역에 있는 스타벅스를 찾았다가 내 뒤에 서 있던 독일인들이 "대체 독일에서 왜 영어만 쓰는 거냐"라고 투덜대는 소리를 들었다. 이곳은 관광객들이 많은 지역이라 점원들이 고객의 국적과

관계없이 영어로만 주문받기 때문이다.

갈등은 점점 표면화되고 있다. 2019년 6월 23일 한 남성이 슈프레강의 야노비츠다리 위에서 그 아래를 지나던 유람선에 소변을 봐 승객 네 명이 머리를 다쳤다. 유람선은 2층 구조로 천장이 없었는데, 소변을 피하려고 일어서다가 하필 야노비츠다리가 매우 낮아 머리를 부딪힌 것이다.

현지 한 매체는 "이 남성이 유람선 승객을 향해 소변 본 이유가 아직 알려지지 않았다"라면서도 "베를린은 최근 관광도시로 거듭났는데, 너무 많은 관광객이 일으키는 소음과 소란을 향한 시민들의 분노가 이유일 수 있다"라고 전했다.

문제는 오버투어리즘이 단순히 갈등을 넘어 도시를 파괴하는 일이 될 수 있다는 것이다. 오버투어리즘과 투어리스티피케이션을 겪고 있는 지역은 하나같이 이러한 문제를 대수롭지 않게 생각했다. 그러다가 주민이 떠나 지역사회가 공동화되기 시작하면서부터 문제를 인식했다.

이탈리아 북서부의 수상도시 베네치아가 대표적이다. 118개의 섬으로 구성된 베네치아는 177개 수로와 400여 개의 다리가 아름다운 풍경을 그려낸다. 이 때문에 전 세계에서 수많은 관광객이 몰려든다. 베네치아 인구는 5만 명에 불과하지만, 연간 관광객은 2,500만 명에 달한다.

이렇게 수많은 관광객이 몰려들자, 도시는 그들이 남기고 떠난 쓰레기로 가득 찼다. 생활에 필요한 식료품점 대신 관광객을 상대하는 기념품점이 들어섰다. 주민들이 드나들던 식당은 임대료를 감당하지 못해 사라졌고, 대신 관광객을 상대하는 값비싼 식

슈프레강의 관광객들

슈프레강은 베를린을 동서로 가로지르는 강으로
이곳을 운행하는 유람선은 늘 관광객들로 가득하
다. 관광객들이 너무 많아지다 보니 종종 주민들
과 갈등을 빚는다.

당만이 거리를 가득 메웠다.

그러자 2010년대 초반부터 크루즈의 정박을 반대하는 시위가 이어졌고, 관광객을 상대로 한 폭력사건까지 발생했다. 1955년 17만 5,000명이었던 인구는 날이 갈수록 감소하다가 5만 명으로 쪼그라들었다. 도시 자체가 사라질 위기에 처하자 베네치아시는 관광세 등 세금을 도입해 비용부담을 높이는 방식으로 관광수요를 억제했고, 주거지로 들어오는 길목 두 곳에 검문소를 설치했다. 성수기에는 현지 주민만 통과시킨다.

스페인의 바르셀로나와 마요르카, 포르투갈의 포르투, 네덜란드의 암스테르담, 프랑스의 파리, 그리스의 산토리니, 크로아티아의 두브로브니크^{Dubrovnik}, 히말라야산맥의 부탄, 일본의 교토 등도 비슷한 일을 겪고 있다.

오버투어리즘을 둘러싼 문제는 나날이 심해지면 심해졌지 쉬이 해결되지는 않을 것 같다. UN 산하의 세계관광기구^{World Tourism Organization}에 따르면 전 세계의 관광객 수는 1980년 2억 7,800만 명이었다가, 2000년 6억 7,400만 명으로 증가했고, 2017년 13억 명을 기록했다.

관광객들이 이처럼 늘어난 이유로는 중국의 중산층 증가와 저가항공사의 등장, 관광지를 쉽게 검색할 수 있는 기술 발전, SNS 활성화 등이 꼽힌다. 2030년이 되면 전 세계의 관광객 수가 18억 명에 달할 것으로 예상된다. 이 문제에 어떻게 대응할지 고민해봐야 하는 시점이다.

성매매 합법화와
《퍼킹 베를린》

미테 근방에 '모아비트Moabit'라는 곳이 있다. 임대료가 낮아 크로이츠베르크, 노이쾰른보다 일찍 이민자와 예술가의 보금자리가 된 곳이며, 마약 밀매와 남용, 빈곤, 범죄 등으로도 악명 높은 곳이다. 젠트리피케이션을 겪으며 최근에는 그 악명이 조금 덜해진 것 같지만 말이다.

모아비트를 지날 때면 나는 늘, 이곳에 살았던 소니아 로시Sonia Rossi라는 이름의 한 여성을 떠올렸다. 2008년 전 유럽을 강타한 화제의 논픽션 《퍼킹 베를린Fucking Berlin》에 등장하는 인물이다. 그는 19세에 시칠리아를 떠나 베를린의 한 대학에서 수학을 전공한 이탈리아 유학생이다.

책은 출간 직후 단번에 베스트셀러가 되었다. 꽤 충격적인 내용 때문이다. 갓 부모에게서 독립해 유학길에 오른 소니아는 "여러 지원창구를 두들겨보기도 했고 다른 아르바이트를 해보기도 했지만, 그렇게 버는 돈은 터무니없이 적어 생존할 뿐 생활할 수는 없다"라고 탄식한다. 결국 성인 PC방, 안마시술소, 퀴키quickie클럽 등 다양한 성매매업소에서 일하며 생할비를 번다.

어떻게 평범한 대학생 소니아가 성매매업소에서 일할 수 있을까. 또 어떻게 단속이나 벌금 등을 피하며 성매매를 할 수 있을까. 이는 독일이 성매매 합법화를 전면적으로 시행한 국가여서 가능한 일이다. 독일에서는 2001년 '성매매자의 법률관계의 규율에 관한 법'이 통과되면서 이듬해부터 본격적으로 성매매가 합법화되었다.

미성년자와 성매매를 한 자, 이를 알선한 자, 성매매 여성의 수입에 의존해 생활하며 성매매 여성을 감시하는 자, 성매매 시간이나 장소 등 환경을 결정하는 자, 성적 착취를 목적으로 인신매매를 알선하는 자 등은 여전히 처벌받지만, 이외에는 대부분 합법이다.

이에 따라 성매매 여성은 인신매매를 당하거나 성매매를 강요당하거나 노동에 대한 대가를 받지 못한 경우 국가에 호소할 수 있게 되었다. 동시에 연금보험, 의료보험, 실업보험 등 사회보험에 가입할 자격을 얻었다. 재취업훈련 등 사회보험에서 제공하는 취업지원 프로그램에 대한 권리도 확보했다. 또 장해障害급여를 받을 수 있어 몸을 다쳐 일하지 못하더라도 어느 정도 생계를 보장받게 되었다.

소니아가 신문 구인란에서 성매매업소를 찾아 취업하고, 손님에게 "콘돔 없이는 성행위를 절대 하지 않겠다"라고 잘라 말할 수 있는 건 모두 이러한 법의 보호 때문이다.

합법화 이후 성매매는 독일인들의 일상 속 깊숙이 파고들었다. 불법이 아니니 소니아 같은 대학생이 성매매에 종사하기도 쉬워졌다. 성매매업소 정보와 리뷰, 평점 등이 등록된 사이트가 만들어졌다. SNS 등에서는 생일을 맞아 성매매업소를 다녀왔다는 남성들의 후기도 어렵지 않게 찾아볼 수 있다.

대체 독일은 왜 성매매를 합법화한 걸까. 독일인들의 국가관은 우리와 사뭇 다른 측면이 있는데, 이러한 차이가 영향을 미쳤다. 무엇보다 독일은 나치와 히틀러의 기억, 즉 국가가 지도자의 명령에 따라 개인 생활을 모든 차원에서 간섭한 역사에 대한 트라우마가 여전히 강하다. 독일이 제2차 세계대전 이후 강력한 중앙국가 체제보다 연방국가 체제를 형성한 이유다.

이런 맥락에서 독일인은 국가가 개인에게 '이렇게 또는 저렇게 행동하라'는 식으로 지시할 수 없다고 생각하고, 문제를 해결하는 주체도 국가가 아닌 사회라고 본다. 자신이 원하는 대로 삶을 구성할 수 있어야 한다고 믿고, 타인의 자유를 침범하지 않는 한 제한도 거의 없어야 한다고 여긴다. 즉 국가는 작은 삶의 단위(개인과 사회)가 스스로의 힘으로 해결할 수 있는 문제에 왈가왈부하지 않아야 하고, 다만 독립적으로 살아갈 수 있는 환경이 조성되도록 돕는 정도에 그쳐야 한다는 것이다.

성매매 합법화도 이러한 시각에서 국가가 평등한 계약관계에 토대를 둔 취업, 사회보장, 권리보장을 보장하면 대부분의 성매매 여성이 탈성매매에 성공할 것으로 생각해 추진한 것이다.

합법화 논의과정에서도 이러한 국가관이 드러났다. 성매매를 금지하는 한국(성의 구매 및 판매 금지)은 '여성에 대한 구조적 착취'를 반대하는 맥락에서 법안을 만든 반면, 독일은 성을 판매하고자 하는 여성들의 자유를 보호해야 한다는 맥락에서 법안을 만들었다.

한국의 여성단체들은 신체는 인간의 존엄과 직결되기에 이를 매매하는 행위는 비도덕적이고 여성 젠더^{gender}에 대한 사회적·구조적 폭력이라고 지적한다. 또 이는 전체 여성의 문제라면서 여성은 자신의 몸에 대한 권리가 있다고 주장한다.

독일에 이러한 시각이 없었던 것은 아니다. 1901년 제국법원이 성매매를 민법 138조가 정한 부도덕한 행위에 해당한다고 판결한 이후 일관되게 성매매는 부도덕한 행위로 취급되었다. 하지만 2000년대 들어 본격적으로 성매매 합법화 논의가 시작되면서 '개인에 대한 차별'이라는 관점이 부각되었다. 국가관 때문이기도 하지만, 성매매 여성 지원단체인 '히드라^{Hydra}'가 목소리를 높이면서 그러한 경향이 강해졌다.

히드라의 주장은 "성매매 여성이 받는 사회적 차별을 제거해야 한다", "성매매는 다른 직업과 같다", "국가는 성매매 여성이 받는 차별을 제거하기 위해 나서야 한다" 등이었다. 이는 스웨덴이나 한국처럼 성매매를 전체 여성의 문제로 보지 않고, 단순히 '성매매 여성의 문제'로만 한정하는 효과가 있었다. 그러자 '성매매 여성에 대한 사회적 차별'을 없애야 한다는 주장이 힘을 받았다.

이러한 여론이 조성됨에 따라 2000년 11월부터 독일 최대의 민간 보험회사인 독일의료보험조합^{Deutschen Krankenversicherung}이 차별을 없애는 차원에서 성매매를 직업으로 인정하고, 특별 계약조건 없이 성매매 여성들을 의료보험 가입자로 모집하기 시작했다. 이후 앞서 설명한 대로 2001년 관련 법이 통과되고 2002년 성매매가 합법화되었다.

《퍼킹 베를린》은 소니아가 성매매를 그만두고 한 정보통신회사의 인턴으로 일하며 아들과 함께 베를린에서 사는 모습을 보여주면서 끝난다. 소니아는 자신의 삶을 이렇게 회고한다.

어린 시절 귀에 못이 박이도록 성공하려면 대학에 가야 한다는 말을 들어왔다. 만약 내가 대학을 포기한다면 지루하고 형편없는 보수를 받는 직업을 갖게 될 것이다. 그러면서 아이까지 키우느라 밤에는 피곤함에 절고 휴가는 정원에서 보내는 삶을 살지도 모른다. 세계여행도, 지적인 욕구도 없이 돈 걱정만 내내 해야 하는 삶…….
원하는 대로 살 수만 있다면 내 영혼이라도 팔겠다. …… 지난 몇 년 동안 나는 대학생, 창녀, 아내 그리고 애인 등 여러 역할을 해내기 위해 열심히 노력했다. 친구들은 내가 학비를 내기 위해 평범한 직업세계 밖에서 일한다는 사실을 알지 못했다. 율은 나를 이해하는 듯했고 가끔 내가 괜찮은지 물어보기는 했지만, 학비지원금을 받는 그에게 내 삶은 결국 낯설 수밖에 없었다.

소니아의 인생은 가난한 여성이 왜, 어떻게 성매매를 시작하고 거기에서 벗어날 수 없는지, 성매매 합법화는 여성의 삶을 어떻게 바꾸는지 등을 생생하게 보여준다. 읽어볼 만한 책이다.

편의점만큼 흔한
성매매업소

한번은 크로이츠베르크 근처 호프집에서 맥주를 마시다가 독일은 성매매가 합법화된 나라임을 새삼 깨닫게 된 일이 있었다. 술을 마시며 주변 베를린 사람들과 대화를 나누게 되었는데, 대화 중 성매매 관련 이야기가 나와서다.

수영장, 사우나, 클럽 등 서로 자기가 좋아하는 곳을 추천해주던 중 내가 "내일은 사우나를 가볼 것이다"라고 말하자 어느 아저씨가 "사우나를 좋아하냐"고 물었다. 그렇다고 답하자 그는 본인도 사우나를 좋아한다며 '아르테미스 Artemis'를 즐겨 찾는다고 설명했다.

혹시 현지인만 아는 사우나 명소인가 싶어 집에 오는 길에 휴대전화로 검색해보니 '브로델 brothel'이란 설명이 달려 있었다. 성매매업소란 뜻이다.

아르테미스는 사우나까지 가능한 베를린에서 가장 큰 성매매
업소다. 650만 유로를 들여 지은 아르테미스는 4층 건물에 70개
의 침실, 세 개의 사우나와 대형 풀장, 헬스장, 두 개의 영화관, 일
광욕시설 등을 갖춰 거의 리조트에 가깝다.

아르테미스가 개장한 2006년은 마침 독일에서 월드컵이 열렸
기에 전 세계적 관심을 모았고, 온라인과 오프라인에서 모두 '명
성'을 쌓았다. 75유로만 내면 술, 음식, 영화, 사우나, 성매매까지
무제한으로 즐길 수 있으니 독일인뿐 아니라 전 세계에서 온 관
광객들의 필수 방문지가 되었다.

아르테미스의 아성에 금이 간 건 2016년 4월 13일 매니저 두 명
과 마담 네 명이 인신매매와 조세포탈 혐의로 경찰에 체포되면서
다. 경찰과 세무당국 인력 900명이 들이닥쳐 이들을 체포했다. 당
국은 급습 전부터 이미 수 개월간 아르테미스를 조사하고 있었다.

체포된 이들은 2006년부터 노동자를 자영업자로 위장시키는
수법 등으로 1,750만 유로의 사회보장세를 탈루하고, 인신매매
등으로 여성에게 성매매를 강제한 혐의를 받았다. 성매매가 법의
테두리 안에서 제대로 운영될 것으로 기대한 이들의 환상이 무너
지는 순간이었다.

독일은 성매매를 합법화할 때 성인 간의 '자발적 성매매'는 허
가하지만, '불법 성매매'는 더욱 강력하게 처벌한다는 내용을 핵
심으로 삼았다. 불법 성매매는 강제된 성매매, 미성년자 성매매,
불법체류자의 성매매 등을 말한다.

문제는 성매매가 합법화되었기에 검찰과 경찰이 인신매매, 성

매매 강요, 성적 착취를 수사하거나 기소하는 데 어려움을 겪게 되었다는 것이다. 성매매 자체는 합법적인 경제활동이자 사업이므로 결정적 증거 없이는 수사하기가 어렵기 때문이다.

아르테미스에 대한 수사는 이러한 문제를 여실히 보여주었다. 베를린 지방법원은 검찰이 기소한 혐의 중 인신매매와 조직범죄 연루 등의 혐의는 증거가 불충분하다고 판단해 무죄를 선고했다. 이에 2019년 1월 아르테미스 측은 "우리는 부당하게 박해받았다"라며 "경찰과 검찰에 보상을 요구할 것"이라고 항변했다.

그러나 사람들은 "정말 아르테미스가 억울한 게 맞냐"라며 의혹을 제기했다. 이 사건이 언론에 집중적으로 소개되는 과정에서 그동안 아르테미스가 성매매 여성들을 얼마나 가혹하게 대했는지 여실히 보여주는 많은 사례가 공개되었기 때문이다. 이에 따라 법원의 판결과는 관계없이 아르테미스에서 뭔가 옳지 못한 일이 벌어지고 있다는 의혹이 널리 퍼졌다.

이후 성매매 합법화와 수사권 및 기소권의 위축으로 성매매산업이 급성장하면서 독일이 인신매매 피해자들의 주요 도착지가 되었다는 비판이 쏟아졌다. 이는 일리 있는 비판이다. 성매매가 합법화되고 양지로 나오면서 그 규모가 매우 팽창했다. 독일 성매매산업의 규모는 150억 유로에 달한다.

문제는 성매매산업의 팽창속도가 너무 빨라 성매매 여성이 부족하다는 것이다. 성매매 합법화 후 성을 사려는 남성은 크게 늘었지만 성매매 여성 수는 달라지지 않았다. 이런 상황에서 '뷔페식'으로 운영하는 성매매업소들은 대개 '최대 규모', '최저가'를 내걸었는데, 이를 위해서는 많은 성매매 여성이 필요했다. 성매매가 싼값에 여러 번 이뤄져야 하니 말이다. BBC 등에 따르면 지난 20년간 독일 내 성매매산업 종사자 수는 두 배 증가해 40만 명에 육박한다.

성매매 여성 수급이 힘드니 인신매매가 활개 쳤다. 여기에 빈국의 가난한 여성이 산업화된 선진국으로 이주해 노동하는 '이주의 여성화femigration' 현상까지 더해지면서, 결국 난민 등 이주자나 저소득층의 취약계층 여성이 인신매매 형식으로 성매매산업에 계속해서 유입되었다.

인신매매는 물리력을 행사하거나, 가족을 인질로 잡고 협박하거나, 마약중독을 유도하거나, 좋은 일자리를 알선해준다고 속이거나, 빚과 과도한 이자 등으로 압박을 가하는 등의 온갖 방식으로 이뤄진다. 하이델베르크대학교의 연구에 따르면 2001년 1만 9,740명이었던 독일 내 인신매매 피해자 수는 성매매가 합법화된 2002년에는 2만 2,160명, 2003년에는 2만 4,700명으로 늘었다. 이 중 내국인 피해자는 10퍼센트에 불과했다.

UN난민기구UN High Commissioner for Refugees에 따르면 최근 5년간 독일은 인신매매 피해자들의 주요 도착지였다. 독일에서 가장 많이 확인된 피해자들은 EU 시민권자로 불가리아인, 루마니아인이었고, 이외에 러시아, 중국, 나이지리아, 중동과 아프리카 국가 출신 등도 적지 않았다. 집시나 난민 등도 주요 피해자였다. 피해자의 약 4분의 1은 어린이들이었다. 대부분의 피해자는 술집, 성매매업소, 아파트 등에서 성매매를 강요받았다. 결국 성매매를 합법화하면서 의도했던 목표, 즉 성매매 여성의 노동권과 인권 보호, 강제된 성매매 감소와 탈성매매 증가가 거의 충족되지 못했음을 알

수 있다.

독일 정부는 2014년 유럽의회가 성매매 합법화에 가한 지적, 즉 성매매산업 규모가 폭발적으로 커져 인신매매가 증가했다는 비판, 성구매자나 포주에게 살해당하는 등 심각한 폭력에 노출되는 성매매 여성의 숫자가 다른 국가보다 월등히 많아졌다는 비판, 성매매가 정상적인 경제활동으로 정의되면서 탈성매매 지원 서비스가 축소되었다는 비판 등에 대해 평가보고서를 작성했다. 여기에서 정책 자체가 실패했다는 결론을 내리지는 않았으나 원래 의도한 목표를 달성하지는 못했다고 인정했다. 구체적으로 성매매 여성의 고용계약서 작성률과 사회서비스 이용률이 여전히 낮고, 전체 여성 인구와 비교해 폭력에 노출된 경험이 훨씬 많고, 정신건강도 심각한 수준임을 밝혔다.

이제 독일에서는 하루가 멀다고 인신매매 보도가 나온다. 2017년에는 슈투트가르트에서 '파라다이스Paradise'를 운영하던 유르겐 루들로프Jürgen Rudloff가 인신매매 교사 및 방조 혐의로 체포되었다. 파라다이스는 지상 5층의 건물에 사우나, 수영장, 레스토랑 등의 시설을 갖춘, 유럽 최대 규모의 성매매 업소다.

검찰에 따르면 파라다이스에서 일하는 150명의 성매매 여성 중 대다수가 동유럽 국가 출신이었는데, 이들은 폭력조직에 인신매매당해 강제로 일하게 된 이들이었다. 루들로프는 이러한 사실을 알면서도 방조하고, 심지어 폭력조직에서 더 많은 여성을 받기 위해 노력하기까지 했다. 또 하루에 500유로 이상을 벌지 못하면 폭력을 행사하고, 성형수술이나 문신을 강요했다. 루들로프는 방송에 '자수성가한 재벌'로 출연할 만큼 유명인이었기에, 그의 체포는 독일인들에게 '성매매 합법화는 문제가 있다'라는 인식을 심었다.

2019년 5월에는 태국 여성 200명을 인신매매해 강제로 성매매를 시킨 업주 다섯 명의 재판이 시작되었다. 대부분의 피해자가 트랜스젠더였는데, 이들은 업주들에게 여권을 빼앗기고 급여도 받지 못한 상태였다.

많은 여성이 '자발적'으로 성매매를 하고 싶어 하고, '원활히' 잘 이뤄질 것이라는, 성매매 합법화를 찬성한 이들의 환상과 달리, 현실은 성매매산업의 확대와 박리다매식 영업, 그 과정에서 암처럼 번진 인신매매와 미성년자를 향한 성매매 강요 등으로 얼룩져 있다.

아르테미스를 단속한 경찰이 "업소에 있던 여성들의 상황은 '목화농장의 노예' 같았다"라고 한 것이나, 루들로프를 재판한 슈투트가르트 지방법원의 판사가 "깨끗한 성매매사업장이 이렇게 크리라고는 상상할 수 없다"라고 한 것에서 성매매 여성들의 존엄이 얼마나 잘 지켜지지 않는지, 또 이런 현상이 얼마나 필연적인지가 잘 드러난다.

성매매를 합법화한 국가들은 최근 다시 규제를 강화하는 추세다. 앞서 독일 정부는 특정 기간을 설정한 정액제 성매매를 금지했고, 인신매매 등으로 성매매를 강요받은 이들에게 성을 사면 징역형을 선고하도록 했다.

성매매가 합법인 네덜란드에서도 불법화 목소리가 높아지고 있다. 2019년 4월에는 '성매매를 불법화하고 구매자를 처벌하라'는 청원의 서명자가 4만 명을 넘겨 하원이 다루게 되었다. 네덜란드에서는 청원 서명자가 4만 명이 넘으면 하원이 해당 안을 논의해야 한다.

이 청원을 주도한 기독교 청년단체 '엑시스포즈Exxpose'는 '나는 값을 매길 수 없다I am priceless'라는 캠페인을 펼치며 "성매매를 불법화하면 성매매 여성을 대상으로 한 착취나 인신매매가 줄어들 것"이라고 설명했다. 단체의 설립자인 사라 라우스Sara Lous는 "성매매 값이 싸고 수요는 많아 암스테르담이 인신매매에 취약해졌다"라고 주장했다.

2019년 7월 암스테르담의 첫 여성 시장 펨커 할세마Femke Halsema도 성매매 여성들을 보호하기 위해 홍등가를 축소하고, 호객을 위해 여성을 진열하지 못하도록 하며, 성노동자 면허 발급기준을 강화하는 등의 개선안을 발표했다.

성매매 합법화는 여성주의자 사이에서도 찬반이 갈리는 주제다. 일부는 성매매 여성을 보호하기 위해 성매매를 합법화해서는 안 된다고 주장하고, 다른 일부는 오히려 보호하기 위해 합법화해야 한다고 주장한다. 확실한 건 성매매 합법화로 긍정적 변화를 모색했던 독일의 결과가 그리 좋지 않았다는 것이다.

피울까 말까 피울까 말까
대마초

어릴 적 TV에서 대마초를 피워 잡혀가는 연예인을 여러 명 봤다. 대마초를 흡연한 이들은 '마약류 관리에 관한 법률 위반'이라는 무서운 죄명으로 벌금형이나 징역형을 선고받았다. 순간의 선택으로 자칫 인생이 골로 갈 수 있다는 생각에 늘 '대마초는 나쁜 것'이라고 되뇌며 살았다.

  물론 유혹이 몇 번 있었다. 호주와 독일에서 친구들이 아무렇지 않게 대마초를 피우며 나에게 권했을 때다. 내가 거절하면 모두 "이렇게 좋은 것을 안 한다니, 도대체 왜?"라고 물었다. 내가 "한국에서는 대마초 피우는 게 불법이라서 하고 싶지 않아"라고 답하면, '속지주의적' 생각을 품은 몇몇 친구가 "아무리 그래도 외국에서인데 뭐 어때"라고 설득을 시도했다. 그러면 난 "한국 법은 '속인주의'라서 하고 싶지 않아"라며 다시 한번 거절했다. 아마 한국 법이 바뀌지 않는 이상 대마초를 흡연하는 일은 절대로 없을 것이다.

다만 대마초 합법화는 검토해볼 만하다고 생각한다. 대마초는 나쁘다는 생각이 정말 맞는지, 그저 사회가 별 근거 없이 주입한 건 아닐지 따져보자는 것이다. 실제로 한국에서는 낯선 이야기지만, 해외에서는 대마초 합법화를 요구하는 시위가 공공연히 벌어지고 있다. 미국, 캐나다, 이스라엘 등 많은 나라는 합법화했으며, 불법인 나라에서도 실질적으로는 관대한 편이다.

버락 오바마Barack Obama 전 미국 대통령은 대표적인 대마초 합법화 지지자다. 그는 "대마초가 술보다 더 위험하다고 생각하지 않는다"라고 말했다. 영화배우 모건 프리먼Morgan Freeman도 "대마초는 뇌전증으로 발생하는 심각한 발작을 완화해준다"라며 합법화 주장에 힘을 실었다. 한국에서는 영화배우 김부선, 가수 전인권이 대표적으로 대마초 합법화를 요구했다.

이들은 공통적으로 대마초가 마냥 위험하다기보다는 유익한 점도 많다고 주장한다. 실제로 인류는 기원전부터 대마초를 약재로 사용해왔다. 실제로 암, 치매, 크론병, 녹내장, 뇌전증, 에이즈, 생리통 등의 증상을 완화한다.

대마초가 정말 유익하다면 어째서 탄압받을까. 바로 부작용과 중독성 때문이다. 대마초는 기억뿐 아니라 신체능력에 해를 입혀 인지기능을 떨어뜨리고 편집증, 정신병 등을 초래할 수 있다고 알려졌다. 학업성적 저하, 뇌 발달 지연, 실직 등에 영향을 미친다거나, 대마초 흡연 후 운전 시 교통사고 위험이 두 배에서 일곱 배까지 커진다는 연구도 있다.

다른 마약보다 중독증상이 약할 뿐 중독될 위험이 있고, 끊었을 때 금단증상이 나타날 수도 있다. 대마초 흡연 경험이 있는 사람 중 9퍼센트가 중독성을 보인다고 한다. 코카인 같은 다른 강력한 환각제에 손을 대는 관문이 된다는 견해도 있다.

몇몇 대마초 합법화 지지자는 이러한 비판을 일종의 음모론으로 치부한다. 대마초가 너무나 유익해 기업이나 정부가 나서서 거짓정보를 퍼뜨린다는 것이다. 대마초라는 식물 자체가 석유나 원목 등을 대체하는 원자재로 사용될 수 있어서 기존 기업의 가치를 떨어뜨리므로 사용을 금지했다는 논리다.

2017년 출판된 《의료용 대마초, 왜 합법화해야 하는가?》도 근대 이후 각국에서 대마초가 탄압받게 된 이유로 여러 기업의 얽히고설킨 경제적·정치적 이해관계를 든다. 책은 자동차회사 포드의 창업자 헨리 포드Henry Ford가 "우리가 매년 대마초를 기르면, 나무를 베고 광물을 채굴하는 것과 같은 양의 자원을 얻을 수 있다"라고 주장한 일화를 소개한다.

사실 대마초를 기호식품으로 즐길 수 있게 하자는 주장은 내게도 꽤 파격적이어서 조금은 거부감이 드는 게 사실이다. 하지만 의료용으로의 사용을 합법화하는 건 검토해봐야 한다고 생각한다. 이미 많은 국가가 의료용으로의 사용을 허가한 상태다. 대표적으로 독일, 캐나다, 이스라엘, 중국, 미국, 이탈리아 등이 있다.

베를린은 꽤 대마초에 친근한 도시다. 클럽에서 많은 이가 대마초를 피우는 건 물론이고, 여러 공원에서 대마초를 판매한다. 매년 여름 세계 최대 규모의 대마초 합법화 축제도 열린다. 바로

▌대마초가 그려진 표지판

대마초 박람회 겸 축제인 '메리 제인 베를린(Mary Jane Berlin)'을 홍보하는 내용이다. 매년 6월 열리는데, 300여 개가 넘는 업체가 참여하며 3만 명 이상이 찾는다.

'대마축제'라는 뜻의 '한프파라데Hanfparade'로 1997년부터 매년 8월 개최되고 있다. 2019년에는 8,000명 이상이 참여했는데, 이들은 '대마초 합법화'를 표어로 내걸고 알렉산더광장에서부터 행진하며 "대마초에 대한 낙인이 심각하다", "대마초는 의류, 건축자재, 음식 등에 광범위하게 사용될 수 있는 유용한 작물이다" 등의 구호를 외쳤다. 키르슈텐 카퍼르트곤터Kirsten Kappert-Gonther 녹색당 의원이 연사로 나서 대마초 합법화가 필요한 이유를 설명했다.

독일은 연방국가 체제로 주에 따라 법이 다르다. 베를린에서 대마초는 합법이 아니지만, 기호식품으로 사용 시 10~15그램 정도는 소지해도 '소량'으로 판단해 형사처벌을 받지 않는다. 즉 많은 양의 대마초를 가지고 다니거나, 공공장소에서 버젓이 피우는 경우, 또는 대마초를 피우고 운전할 경우에만 문제가 된다.

한번은 훔볼트대학교에 재학 중인 친구가 머리를 짧게 자르고 나타났다. 그는 대마초를 피우고 운전하다가 경찰에게 걸렸다며 '새로 태어난 모습'을 보여주기 위해 머리를 잘랐다고 설명했다. 흥미롭게도 (새로 태어나겠다고 다짐한) 그는 "대마초 좀 피운 게 뭐 어떠냐"라면서 "베를린은 아직도 너무 보수적이고, 이는 정치인들의 문제이며, 이 때문에 다음번에는 꼭 '녹색당'을 뽑을 것"이라고 말했다. "주변의 많은 친구도 같은 이유로 녹색당을 지지해"라고 덧붙였다.

마약과 거리가 먼 한국인으로서 대마초가 정치인이나 정당 선호의 기준이 될 수 있다는 생각은 해본 적이 없었다. 또 대마초 합법화가 세대차이의 한 요인으로 작용할 수 있다니 흥미로웠다.

홀로코스트기념관에서
웃어도 되나요

하루는 '어떠한 음식점이든 맛있어 보이기만 하면 들어가자'라는 생각에 하염없이 돌아다녔다. 한참 헤매다가 결국 여느 때의 저녁처럼 커리부어스트로 간단히 요기했지만, 어쨌든 돌아다니는 동안은 맛있는 걸 먹고야 말겠다는 열망에 사로잡혀 그리 배고프지 않았다.

　그렇게 발길이 닿는 대로 걷다가 '유럽의 학살당한 유대인들을 위한 기념비Denkmal für die ermordeten Juden Europas', 일명 '홀로코스트기념관'을 맞닥뜨렸다. 이렇게 계획 없이 방문할 생각은 없었다. 어느 정도 시간을 두고 마음먹은 다음 찾으려 했다. 그래서 이곳 주변을 지날 때마다 억지로 비껴가곤 했다. 사실 기념관이 베를린 중심가 한복판에 있어 돌아가기도 쉽지 않았다. 이렇게 마주하게 된 게 어쩌면 '운명이다' 싶어서 이참에 둘러보기로 했다.

기념관은 나치의 만행에 목숨을 잃은 유대인들을 추모하기 위해 조성되었다. 어두운 역사에 대한 기억과 반성을 미학적으로 풀어낸 공간으로, 제2차 세계대전이 끝나고 60년이 되던 2005년 5월 10일 개관했다.

공간구성은 꽤 단순하다. 1만 9,000제곱미터 면적의 부지에 콘크리트로 만든 잿빛 직육면체 비석 2,711개를 세워놓았다. 비석의 모양은 모두 같지만, 높이가 제각각이라 어떤 각도에서 보면 물결치는 파도처럼 보인다. 각각의 비석이 커다란 관을 연상시키기도 한다. 가장 낮은 비석은 높이가 겨우 20센티미터밖에 되지 않지만, 가장 높은 것은 470센티미터에 달한다.

같은 모양의 비석을 넓은 부지에 쭉 늘어놓아 한번 들어서면 방향성을 잃기에 십상이다. 기념관 안쪽의 바닥은 평평하지 않아 푹 꺼지는 느낌을 준다. 그렇게 내 키를 훌쩍 넘는 비석 옆에 서 있으면 그야말로 심연에 빠진 느낌이 들어 속이 메스껍고 답답하다. 이 모든 건 홀로코스트를 겪은 유대인들의 마음을 조금이나마 이해할 수 있도록 고안된 것이다.

슬프고 답답한 마음으로 이곳을 둘러보다가 이상한 느낌이 들었다. 의외로 나 같은 이들이 몇 없는 것 같아서였다. 중학생 또는 고등학생 정도로 보이는 남학생들은 비석 위에 올라가 이 비석 저 비석을 마구 뛰어다녔고, 젊은 부부는 아이를 비석 위에 올려놓고 춤추게 했다. 20대 남성은 비석에 올라 다리를 크게 벌리고 팔을 위로 뻗어 세상을 정복한 표정을 짓고는 연신 자기 모습을 카메라로 찍어댔다. 기분이 꽤 이상했다. 분명 기념관은 나치에 희생된 유대인들을 애도하라고 만든 공간인데 말이다.

친구에게 이 경험을 말해주니 "나도 기념관에서 찍은 사진을 SNS에 올리는 사람들이 제일 싫어"라면서 "'욜로코스트Yolocaust'를 하는 사람들 말이야"라고 하는 게 아닌가.

욜로코스트란 '한 번뿐인 인생을 즐겨라You Only Live Once'는 뜻의 '욜로YOLO'와 '홀로코스트'를 합친 말이다. 홀로코스트에 희생된 유대인들을 추모하는 기념관에서 관광객의 마음으로 가볍게 행동하는 이들을 비판하는 뜻이 담겨 있다. 손으로 브이 자를 만들거나 춤추는 듯한 자세를 취하고, 활짝 웃거나 우스꽝스러운 표정을 지으며 사진 찍는 행위가 대표적인 욜로코스트다.

이 단어는 2011년 이스라엘계 독일인 예술가 샤하크 샤피라Shahak Shapira가 '욜로코스트 프로젝트'를 진행하면서 널리 알려졌다. 샤피라는 사람들이 기념관에서 찍어 올린 사진 중 가장 '질이 나쁜 것들'을 골라 합성이미지를 만들었다. 기념관에서 곡예 하는 사람이나 멋진 자세를 취한 사람의 사진에 발가벗고 깡마른 시체들을 합성하는 식이다. 샤피라는 이 작업으로 기념관에서 '즐겁게' 사진 찍는 관광객들을 비판했다. 기념관의 원래 취지대로 엄숙하고 경건하게 홀로코스트의 의미를 되새기라는 것이다.

사실 나는 샤피라의 작업에 꽤 많이 공감했다. 이미 수차례 '다크 투어리즘Dark Tourism'이 원래 뜻을 잘 살리지 못하는 걸 보았기 때문이다. 다크 투어리즘은 역사적으로 참상이 일어났던 곳을 찾아감으로써 반성과 교훈을 얻는 여행이다. 그 아픔을 잊지 말고 기억하자는 의도가 있지만, 욜로코스트의 경우처럼 즐기기만 하는 이들이 적지 않다.

기억과 반성의 심연

제2차 세계대전 당시 희생된 유대인들을 추모하는 기념관에 석양이 깔리고 있다. 바로 옆에는 나치에 희생된 동성애자들을 기리는 추모비가 설치된 공원이 있다. 추모비 안을 들여다보면 피해자들에 관한 영상을 볼 수 있다.

▌일상에서 마주하는 전쟁범죄의 현장

크로이츠베르크에 있는 '테러의 지형학 (Topographie des Terrors) 박물관'이다. 나치의 만행을 기억하고 반성하기 위한 곳이다. 이 건물은 1933년부터 1945년까지 나치의 비밀경찰 계슈타포(Gestapo)의 사령부 건물이자 친위대 (Schutzstaffel)의 본부로 이용되었다.

예컨대 1986년 원자력발전소의 방사능이 누출되는 대참사를 겪은 체르노빌이 그러하다. 일부 구역에 출입이 허가된 이후 매년 수십만 명에 달하는 관광객이 체르노빌을 찾는데, SNS에 올릴 사진을 찍는 '핫플레이스'로 전락했다. 그러자 최소 60만 명이 방사능에 피폭된 세계 최악의 참사가 한낱 흥밋거리가 되었다는 윤리적 논쟁이 불거졌다.

물론 다크 투어리즘이라도 장소를 본인 마음대로 즐기는 게 왜 문제냐는, 오히려 그 장소가 일상화되어 긍정적인 의미를 지니게 되는 것 아니냐는 의견도 있다. 기념관을 디자인한 피터 아이젠먼Peter Eisenman도 비슷한 의견을 표했다. 그는 BBC에 출현해 "솔직히 말해 나는 샤피라의 욜로코스트 프로젝트가 끔찍하다고 생각한다"라며 "나는 방문객들이 어떤 비판이나 의지 없이 이 공간과 다양한 방식으로 소통할 수 있게끔 의도했다"라고 밝혔다. 이어 "나는 사람들이 비석 사이에서 뛰어다니고, 일광욕하고, 점심을 먹어도 괜찮다고 생각한다. 이곳은 마치 성당처럼 다양한 사람들이 만나는 곳이다. 기념관은 일상적인 곳이지 신성한 장소가 아니다"라고 덧붙였다.

샤피라의 비판이나 아이젠먼의 의견에 모두 공감되는 측면이 있다. 어느 쪽이 더 적합한지 생각해보는 건 어떨까.

'번아웃' 서른 살, 진짜 나를 되찾은 베를린 생활기

더는
태울 수
없어서

초판 1쇄 인쇄 2020년 4월 10일
초판 1쇄 발행 2020년 4월 17일

지은이 이재은
펴낸이 연준혁

편집 1본부 본부장 배민수
편집 4부서 부서장 김남철
편집 김광연
디자인 김준영

펴낸곳 (주)위즈덤하우스 **출판등록** 2000년 5월 23일 제13-1071호
주소 경기도 고양시 일산동구 정발산로 43-20 센트럴프라자 6층
전화 031)936-4000 **팩스** 031)903-3893 **홈페이지** www.wisdomhouse.co.kr

값 13,800원   ⓒ이재은, 2020
ISBN 979-11-90786-13-3 03800